星 星 之 火

中　流　著

黑龙江人民出版社

图书在版编目（CIP）数据

星星之火／中流著. —— 哈尔滨：黑龙江人民出版
社，2016.12
ISBN 978 - 7 - 207 - 10930 - 9

Ⅰ. ①星… Ⅱ. ①中… Ⅲ. ①散文集—中国—当代②
诗集—中国—当代 Ⅳ. ①I217.2

中国版本图书馆 CIP 数据核字（2017）第 037968 号

责任编辑：吴英杰
封面设计：鲲　鹏

星星之火
中　流　著

出版发行	黑龙江人民出版社	
地　　址	哈尔滨市南岗区宣庆小区 1 号楼	
邮　　编	150008	
网　　址	www. longpress. com	
电子邮箱	hljrmcbs@ yeah. net	
印　　刷	汤原县民生印刷有限责任公司	
开　　本	880×1230　1/32	
印　　张	8.75	
字　　数	220 千字	
版　　次	2016 年 12 月第 1 版　2018 年 8 月第 2 次印刷	
书　　号	ISBN 978 - 7 - 207 - 10930 - 9	
定　　价	22.00 元	

版权所有　侵权必究　　　　举报电话：(0451)82308054
法律顾问：北京市大成律师事务所哈尔滨分所律师赵学利、赵景波

雪松的气质

——《晚华文萃》总序

迟子建

　　从年轻的时候起，我就喜欢看夕阳。夕阳里有诗，有画，有音乐。

　　那北方的夕阳，无论是在森林、原野还是江河之上，西沉时分，总是高昂着头，将金色的余晖，涂抹在山水之间。让山披上彩衣，让河扎上金腰带，让树成为燃烧的蜡烛，让江河中往来的船只，成为水上的华丽宫殿。

　　当我开始写作的时候，收入此辑《晚华文萃》的黑龙江作家，正值盛年，他们根植黑土，聆听雪花的声音，以蓬勃的创作力，写出了一部部脍炙人口的作品，激励着我们这些后来者。当我年过半百之后，这些为黑龙江文学做出卓越贡献的作家们，已是晚年。我做作协主席这几年，最愉悦的时光，就是每年夏天和老作家们，在碧草蓝天下的一次相聚。在哈尔滨近郊远离尘嚣之地，听他们朗诵诗句，也听他们歌唱，让我再一次接受文学的洗礼。春节前冒着严寒去老作家家中走访时，他们总会早早备下热茶、水果，为我们祛除寒意。那些关切的话语，每每忆起，总是心生暖意！

　　编辑出版一套老作家的丛书，一直是我们作协领导班子成员的心中所愿。我们要将最美的夕阳,做永久的镶嵌!这套文萃题材不一,体裁不同,由老作家自编自选,他们的作品体现出的民族使命感、家国情怀,他们的文字散发的独特艺术气息,是这个商业化的文学时代,永不褪色的珍宝,闪烁着水晶般的光泽,散发着高贵的气质!我们按老作家的年龄,由长及"幼"来排序,共十卷。最年长者虚岁九十,最年"幼"者,也虚岁八十了!黑龙江文坛后人,应该记住他们的名字。

黄益庸以其富有真知灼见的文字,始终关注文坛思潮和龙江作家的成长;王忠瑜的《鹰击长空》和《赵尚志》深深感染了不同历史时期的不同读者;中流富有激情的诗作,是一杯文学的醇酒,芬芳四溢;郭先红在《征途》过后,依然在文学之路上,留下坚实的脚印;赤叶富有哲思的诗文,是一束免于心灵饥荒的沉甸甸的稻穗;陈碧芳大气沉实的文字,不让须眉;刘畅园是不老的诗歌女神,她一生徜徉在自己的诗园中,以其清新隽永的文字,为读者所爱;鲁秀珍饱含深情的散文,典雅秀丽,自成一家,如她漂亮的白发,散发着月光般的光泽;屈兴歧到了晚年,创作力旺盛,笔锋尤健;门瑞瑜写出《雪国绿》《漠河白夜》等散文名篇后,依然笔耕不辍,文思飞扬。

黑龙江这些老作家,有几位曾在《北方文学》做过编辑和领导,如鲁秀珍,黄益庸,陈碧芳,门瑞瑜,他们甘愿为人做嫁衣,其实以他们的才华和笔力,如果当年少为作者付出一份心血,他们的文学收成,将会更加丰硕,他们也因此赢得了作家们永久的尊敬!

为我所敬仰的作家老师的书做总序,我心怀忐忑。一是觉得自己资历太浅,不配;二是觉得笔力不够,怕辜负了他们。好在老作家们都很支持我这个在他们眼里还年轻的作协主席,我相信以他们的胸怀和品德,一定会宽宥我文中的不足之处。我权且把此文,当做写给老作家们的一篇习作吧——给我及格就行。

我非常喜欢俄罗斯著名画家希施金的《在遥远的北方》,这幅画是这位伟大的风景画家,为莱蒙托夫的诗作《在荒野的北国》所作的插图。在北方的山崖上,在苍穹之下,屹立着一棵雪松,它披挂着珍珠一样的白雪,也披挂着银色的月光,庄严大气,沉凝雄厚,就像一支不屈的笔,在天地之间,书写着历史、现实和未来。"晚华文萃"中的黑龙江老作家,他们沧桑的经历,不老的情怀,不倦的笔,恰似这棵雪松,傲然挺立,光华永远!

目　　录

雪松的气质…………迟子建

星火燎原
星星之火…………3
山谷红霞…………23
风摇杏树花又开…………40
安重根…………45

血的沉思
森村诚一与《恶魔的饱食》…………109
日军纪念章…………117
石井四郎…………118
拿活人当老鼠…………119
活靶…………120
"马鲁大"…………121
慰安妇之一…………122
慰安妇之二…………123
人脑,当药服…………124

铭记历史

忘记历史就是背叛…………127

杨靖宇的脚印…………128

八女投江…………129

浩气长存…………131

野花环抱红石碑…………133

大刀…………134

永不消失的号声…………135

背夹…………136

滑雪板…………137

桦皮鞋…………138

旅顺口回眸…………139

关于牵牛房的传说…………141

萧红死不瞑目…………144

抗日作家关沫南…………147

为了和平

将军桥…………155

无名碑…………161

三月雪…………164

赵一曼…………167

深山密营…………168

阿聂…………170

松…………172

心碑…………173

拥抱…………174

烈士陵园…………175

守护··········176

山花··········177

露珠··········178

草与界碑··········179

梨树情··········180

北疆猎影··········181

边防线上··········182

战士的心声··········183

鹿哨··········184

树海红花··········186

谒拜聂耳墓··········188

啊，奔马··········190

日本遗孤

山崎朋子万里访孤··········195

慈母爱 元帅情··········201

爱的传递

他没有双臂··········207

她失去双腿··········217

中国，大爱的世界··········257

后 记··········267

星火燎原

星星之火

星星之火,可以燎原。

——毛泽东

序 歌

日落西山黑了天,
家家户户把门关;
朴大嫂啊开后门,
悄悄越岭奔北山。

城里交通传密信,
鬼子扫荡要进山;
放下怀中吃奶娃啊,
夜奔林海找抗联。

一

走一山啊又一山，
山山风在啸；
翻一岭啊又一岭，
岭岭雪花飘。

左一林啊右一林，
林林遮云霄；
深一脚呀浅一脚，
脚下雪浪高。

跌倒又爬起，
爬起又跌倒；
暴风雪啊你别逞凶，
朴大嫂哟你吓不倒。

你看她跑呀跑，
汗透棉衣如水浇；
你看她脚如飞，
活像雪山一只鸟。

雪山计算她行程，
青松指给她路标；
在一个隐蔽的山洞里，
兆麟将军接见朴大嫂。

将军为她燃篝火，
将军给她披棉袄，
她向将军报敌情，
将军对她微微笑。

将军派人送下山，
她把赤桦信藏好；
途中走进一家小客栈啊，
密信交给交通哨。

夜里，四处静悄悄，
鸡没飞呀狗没叫，
抗日联军进了城，
撂倒日本鬼子哨。

敌营被火烧，
烧得日寇鬼哭又狼叫；
天亮抗联走，
带走满仓粮食和弹药……

城里鬼子吓掉魂，
慌忙拍电将兵调；
夜里大嫂又上山，
巧遇将军在盘山道。

将军得信哈哈笑：

"果然不出我所料，
敌人依仗兵马多，
欺我化整为零战士少！"

将军足智多谋计也巧，
派遣战士下山埋伏好，
不用枪也不用炮，
敌人展翅也难逃。

无名的山啊高又高，
山高没有那青松高，
高高树上刻标语，
抗日联军下布告：

"中国的车中国的道，
不许东洋鬼子跑，
一定要想从此过，
留下头颅当车票。"

军用火车哞哞叫，
跑到树旁掉了道，
车翻弹药化作雷声响，
大嫂笑着传捷报。

她那笑容里包含着——
战士的愉快和骄傲；
多少个夜晚来来去去，

为人民悄悄立下功劳……

二

风卷大雪漫天飘，
日寇封锁盘山道，
五步一个岗，
十步一个哨。

低头怕地塌，
抬头怕天掉，
半夜怕抗联，
坐卧不安心惊跳。

风刮雪涌树枝摇，
大嫂开门闪进影一条，
啊，丈夫出现在眼前，
风尘仆仆相拥抱。

伸手摸摸亲人的脸，
是瘦啊，还是胖了？
大嫂啊，你可摸不清他——
为民族又争得了多少荣耀？

他肩扛土枪腰别刀，
赤心跟党除魔妖，

来去无踪神枪手，
单打鬼子后脑勺。

丈夫悄悄告诉她：
"队伍转移反围剿，
两个重伤同志不能走，
你要把他们隐藏好……"

突然一阵枪声响，
马蹄踏踏心上敲，
声音由远渐渐近，
惊醒村庄狗也叫。

忽听后门敲三敲，
丈夫掏出腰里盒子炮，
"岗哨警报有敌情，
我要追赶队伍过江桥。"

大嫂啊掀起破炕席，
把伤员藏进地下道，
敌人已闯到门口，
枪托刺刀砸又敲……

三

门开了，涌进来风暴，

走进鬼子舞洋刀，
跟着伪警持短枪，
汉奸村长给领道……

大箱小柜底朝天，
柴堆草垛被刀挑，
搜了搜啊查又查，
鬼子吹胡瞪眼叫。

从外面唤来一个人，
低着脑袋弯着腰，
他对鬼子说出了一切……
大嫂恨不得去砍他一刀。

交通哨啊交通哨，
他把革命出卖了，
呸，可耻的叛徒，
你还有脸把头冒！

"说，伤员藏在哪儿，
抗联要往哪里跑？
哼，你若不想说，
杀你一家老和小。"

回答是无言的沉默，
大嫂倾听窗外风呼雪啸，
她想从风雪中辨出，

丈夫和同志是否已过江桥？

鬼子以为大嫂心动摇，
步步紧逼入圈套：
"说了可以平安无事，
一切有皇军担保……"

狗话污辱了她的心，
满腔的怒火往外冒，
双目怒扫鬼子脸，
冷笑把敌人气恼。

鬼子上去扯她头发，
连皮带肉和血一块掉；
大嫂昏过去又醒来，
站起又把胸脯挺高。

四

马棒打断了好几条，
一个字没吐牙紧咬；
指甲上扎了竹针好几根，
半句口供也没招。

敌人苦刑更残暴，
剥光衣服梁上吊，

公婆抱着孙子不忍看，
大嫂浑身尽是血道道……

"你说不说？"
只见炉中跳火苗，
红烙铁贴在嫩肉上，
吱啦吱啦烟直冒……

没有呻吟啊，
没有哀叫，
只有逼供的声音，
和暴风雪在咆哮。

不是大嫂不知道疼啊，
她的骨肉也不是钢铁造；
丈夫忠心耿耿为革命，
她把心交给党更自豪。

她给抗联送过粮食，
她给抗联捎过情报，
她会见过多少抗日将领，
她见过多少党的领导……

她那流眼泪的生活，
开始有了人的欢笑，
她懂得了为什么生存，
什么才是真正的崇高？

隔河有株水蜜桃，
心想过河先搭桥，
受苦的人要站起来，
她投入了党怀抱。

母亲啊，共产党，
这都是你的教导，
你给她那颗红心，
宁死也不会动摇。

凉水掺辣椒，
从头灌到脚，
大嫂死去又活过来，
活过来又把胸挺高。

五

屋外狂风在吼叫，
屋里鬼子审大嫂；
只闻问话不见答，
敌人又耍新花招。

一个鬼子官走过来，
假惺惺把士兵骂跑，
亲自给大嫂松了绑，

满嘴皆是油腔滑调：

"你的还年轻，
长得又俊俏，
何必守活寡，
莫如跟皇军享福的好……"

大嫂破口骂敌人，
鬼子官皮笑肉不笑：
"你的何必着急生气，
事情可以慢慢地商讨。"

"你先说出抗联在哪儿，
联络用什么暗号？
赶快把伤员交出来，
金银财宝由你要。"

"要话我没有，
要命有一条，
要杀要砍快点来，
用不着再絮叨。"

硬吓软骗都无效，
敌人不甘心示弱：
"好，放着活路你不走，
成心要往火坑跳。"

夺过去吃奶的孩，
提着小腿空中摇；
孩子的哭声像把刀，
母亲的心啊如刀搅。

鬼子又拿出红烙铁，
她的心像在油锅里熬：
"这是你的心肝你的肉，
你还想要不想要？"

宝宝啊，宝宝，
你不会说话刚会笑，
就落在狼嘴里，
善良要被残暴吞嚼。

宝宝啊，宝宝，
母亲能忍痛把你舍掉；
却不能向敌人屈膝，
辱没民族尊严和骄傲。

"快说，说！"
肉上烙铁烟又冒，
"说不说？"
孩子啊凄惨地喊叫。

婆婆忍受不住了，
哭着想把孙子抱，

"饶了孩子吧……"
用想想来缓解残暴。

根深树大不怕风暴，
大嫂虎胆不惧枪刀：
"没有什么可想的，
决不能向敌人弯腰！"

鬼子官气昏了头脑，
头上青筋直在暴跳：
"先把她给我押起来，
明天送进城里枪毙掉。"

———

六

北风在空中呼啸，
松花江上烟雪滚如潮，
白茫茫的大地啊，
只有几辆马车在奔跑。

一辆车押着老公公，
一辆车押着朴大嫂，
一辆车押着老婆婆，
辆辆车上都有哨。

鬼子生怕串了供，

嘱咐车离远点跑；
三个敌人三支枪，
六只贼眼盯得牢。

风暴啊,呼呼叫,
大雪啊,随风飘,
松花江上冰冻三尺深,
大嫂的心却如烈火烧。

孩子身上烙成泡,
连饿带疼哇哇叫,
小嘴刚拱进怀里含奶头,
疼得大嫂如针扎火燎!

她低头看看宝宝,
举目望望公公白发飘飘,
一阵心酸一阵疼,
泪珠滚滚落眼角。

安静的日子没等到,
苦难的祖国又落在倭寇的魔爪;
虎口里怎能脱身啊?
横心豁出命一条。

可公公年老,
严刑怎么熬?
孩子若是再被烙,

婆婆心痛会昏倒！

还有那两个同志啊，
身负重伤怎么能脱逃？
再能不能见党一面，
她的心啊更沉重了。

当她看到拿枪的敌人，
满腔怒火又在心中燃烧。
不！死要死得壮烈，
要向那八女投江学！

七

天高啊不算高，
理想啊才算高，
一颗红心为抗日，
死了也要直着腰。

她扭过头看看后车，
敌人冻得下车跳又跑，
她把孩子放下包好，
心像一把剑要出鞘。

在一个拐弯的冰道，
她敏捷夺过敌人枪和刀，

一刀刺得鬼子血直流，
拉开枪栓地动山也摇。

"不许动！"
吓得鬼子魂出窍，
跪在雪地举起手，
战战兢兢把枪缴。

婆婆给公公解了绑，
忽听公公高声喊卧倒，
一粒子弹从头顶飞过，
啊，敌人追上来包抄。

大嫂回身叭叭两枪，
鬼子途中应声而倒；
公公缴下来步枪，
解下敌人的弹药。

"公公啊，快走，
快给抗联送情报，
别忘了那两个伤员！"
喊声啊被风卷跑。

公公朝她摇摇枪，
点点头儿将手招，
跺跺脚啊狠狠心，
隐入密林过山坳。

此刻啊，大嫂才发现，
敌人摸回手持刀，
她举枪一搂火啊，
枪哑敌狂笑。

大嫂啊太紧张了，
敌人子弹忘了缴！
鬼子想夺枪去追公公，
她的手把枪抓得牢又牢。

不能啊，不能！
不能让这枪口对公公瞄，
只要有公公在，
就有伤员同志的心脏跳。

八

风吹雪动树枝摇，
仿佛战马在嘶叫；
大嫂看见雪里的松树，
就像看见同志的容貌。

啊，抗联远征去了，
披着暴风雪当战袍，
配合中国全面抗日战争，

祝队伍捷报如同雪花飘。

想起同志们心含笑,
想起同志们斗志高;
想起总会有这么一天,
抗日联军赶走狗强盗。

不论是哪一个民族,
都会用劳动把幸福创造;
为了这个神圣愿望啊,
生命和爱情皆可抛。

望望前边的冰窟窿,
瞅瞅婆婆抱起宝宝,
她向高山林丛告别,
追逐风雪冰上飞跑。

生怕枪被敌人掳去,
手把两支枪紧紧抱牢,
只见她纵身一跳啊,
碎冰浪花溅起一丈高。

风吹林丛啊雪落掉,
仿佛抗联战士脱了帽,
天地变色向英雄致敬,
风雪哭唱哀歌追悼……

尾　声

我的歌,唱到这里,
已经到了故事的高潮,
关于她的同志和亲人,
你们一定会要问到。

她的公公还活着,
现在敬老院里养老;
婆婆那年受苦刑,
死在城里黑监牢。

她的丈夫和伤员,
是人民解放军某部的上校,
每逢来到这江边,
止不住泪珠往江里掉。

他的眼泪盈满双目,
不是由于感情太脆弱,
是他为勇敢的同志,
和英雄的妻子而自豪!

那个孩子已被党救活,
在北京已读完了大学,
悼念母亲他常写诗篇,
他的诗比我的歌还好。

关于以后的故事啊，
他会把历史编成歌谣，
从抗日战争胜利唱起，
一直放歌到社会主义好……

原载《北方文学》1959 年第 8 期

山谷红霞

引子

　　树海在天上垂挂，
　　石崖在地下倒插，
　　巍峨的兴安岭啊，
　　顶天立地的绿塔。

　　顶天立地的塔里，
　　居住着猎民鄂家，
　　鄂伦春的好儿女，
　　也像塔一样的高大……

小呼玛

天上彩云地下花，
鄂伦春有一个小呼玛，
她在雪地里落生，
跟着阿玛在马背上长大。※

呼玛刚刚换过牙，
纵身能跨无鞍马，
春夏秋冬鹰陪伴，
云中飞驰树上爬。

举枪一弹穿双雁，
游猎群山走山崖，
风锤雪炼一身胆，
豹窝虎穴敢安家。

呼玛十岁变了天，
无辜人民遭屠杀，
山也不忍受日寇来蹂躏，
松林穿起绿盔甲。

呼玛听过多少神话，
日寇该是玛貌变的吗？※
安都力咋还不来，※
恨得攥扁猎枪把。

林中火光

鹅毛大雪呀，
白花花地下；
嗖嗖北风啊，
呼啦啦的刮。

阿玛阿出猎没回家，
仙人柱里只剩下小呼玛，
风雪呼哨撼山林，
呼玛梦中搂着马……、

日寇进山来讨伐，
诡计多端好毒辣，
扬言消灭抗联三路军，
火烧森林和谷峡。

火往仙人柱上爬，
林风越吹火越大；
阿玛呀，快来吧，
眼看烧死小呼玛。

暴风雪变成了鞭子，
拍打敌人滚到岭下；
雪花落在仙人柱上，

化成一串串泪花。

雪中飞出一匹烈马

蹄声扬起一道雪烟，
雪里飞出一匹红鬃烈马，
烈马驮来一位军人，
威严得有如银色的山崖。

他将身向前倾斜，
双腿轻轻把马鞍勾夹，
一鞭甩跑了风雪，
一翻身跳下烈马。

迎着喊声进火海，
火似万条毒蛇满身爬，
抱出熏昏小呼玛，
火已烧着军裤褂。

鹰飞犬跑引阿玛，
火把阿玛泪催下，
望着火焚仙人柱，
心痛好似钢刀扎。

阿玛忽倏含泪笑，
嘴角颤动说不出话，

一位军人面前站，
怀里正抱着他的娃。

亲　人

一杆红旗岭上插，
党的光辉照鄂家，
鄂家几百年来无亲人，
喜迎抗日联军兵和马。

阿玛端出烤鹿肉，
呼玛摆上雪煮茶，
团团围坐青松下，
汉鄂亲热如一家。

军人怀搂小呼玛，
桦皮战靴草做袜，
看不出是官还是兵，
微笑总在脸上挂。

若不是有人叫总指挥，
还不知道兆麟将军到鄂家，
将军人好马也好，
还为猎民种庄稼。

呼玛常听将军讲故事，

红色种子在心生了芽；
密林深处常见她出没，
一串脚印为抗联连千家……

赤桦信

密营来了小呼玛，
一片赤桦手中拿，
指导员说里边有宝贝，
战士不知宝贝是个啥？

指导员剥开一层皮，
一张小纸条缝里夹，
连长看了心藏笑，
巧把将军令传达。

敌人啃山笑哈哈，
望见岭上满树果垂挂，
垂涎三尺伸手摘，
树贴标语不让拿。

鬼子见了肺气炸，
对着标语一枪把，
轰隆一声震天响，
敌人啃了铁西瓜。

一片桦皮多么小，
它的分量可真大，
抗联没费吹灰力，
敌人被炸埋山下……

西 征

满岭山涛闹喧哗，
像有说不尽的离别话，
红旗飘飘向西征，
呼玛父女泪珠胸前洒。

抗联来到兴安岭，
砍断苦蔓栽甜瓜；
亲人在时猎民是主人，
亲人走了又要当牛马。

呼玛手拉将军衣，
将军笑问你要啥？
"我要将军带我走，
跟党同去打天下。"

将军说她人还小，
她说山高还在脚底下；
抖弯缰绳马甩尾，
只见断崖飞流霞……

跑交通

　　虎爱高山龙爱海，
　　鸟爱森林蝶爱花，
　　呼玛热爱抗联军，
　　他把将军当阿玛。

　　将军喜欢小呼玛，
　　呼玛爱听党的话；
　　怀中常揣抗联的信啊，
　　越岭巧把将军令传达。

　　送走密信含笑归，
　　沿着小路进谷峡；
　　呼玛越走越纳闷，
　　怎不见同志来接她？

　　青青的林子啊，
　　静得多么可怕，
　　莫不是发生了情况，
　　队伍转移已过山崖？

　　一阵枪声作了解答，
　　呼玛忙把鞋绳紧扎，
　　转身撒腿向西跑，

一片密林遮住她……

血染兽皮褂

呼玛翻过一座峰，
消息树下把哨查，
不见人影只见血，
沿着血迹找阿玛。

唤声阿玛一串泪，
阿玛微微睁眼看呼玛，
一句话儿一口血，
口口血染兽皮褂。

原来可耻逃兵被敌抓，
叛变革命引敌入谷峡，
发现抗联宿营地，
阿玛掩护奔山下。

蛇死不变色，
虎死威不倒，
为了抗日把血洒，
阿玛至死直着腰。

呼玛欲哭哭不得，
呼玛想埋埋不下，

阿玛临终有遗言，
掩护抗联别管他。

擦干眼泪往前走

雾啊降落如白纱，
白纱祭奠盖上好阿玛；
呼玛擦干眼泪往前走，
忽闻马蹄踏踏踏……

辨不清是谁的马，
心里牢记阿玛的话：
掩护抗联去出征，
枪林弹雨挡住它。

根根青草片连片，
快变成绳索捆上它；
棵棵松树杈连杈，
快变成锥子刺死它。

忽然跑来一匹马，
鞍上红星闪光华，
马收赤蹄迎风嘶，
像和呼玛在谈话……

将军的马

她多熟悉这匹马，
驮来将军救过她；
她多喜爱这匹马，
红得如火又似霞。

马啊，马啊，将军的马，
飞山渡河随将军打天下，
饮尽山泉小溪水，
在战火纷飞中长大。

闯枪林啊破弹雨，
身留几处光荣疤；
将军用它套过犁，
开过荒地种庄稼。

南征北战急行军，
将军从来不骑牠，
不是将军不爱骑，
他爱战士胜过马。

登山他怕病号累，
越岭又怕伤员乏，
将军的马人人骑，
哪个战士不爱它。

策 划

呼玛手牵红鬃马，
俯身观察山坡下，
发现草丛倒一片，
像条小路过谷峡。

心像透进一缕光，
啊，队伍刚从这出发，
山陡无路马难过，
伤员忍痛丢下马。

远处枪响声声大，
呼玛心像鼓敲打，
眼望高高兴安岭，
手拉战马想策划。

策划要变成一把刀，
把日寇叛徒一齐杀，
想着想着哈下腰，
扶草灭迹让敌人眼变瞎。

飞身跃上红鬃马，
调过马头飞奔东涧下，
马蹄踢碎朵朵云，

引得敌人回头猛追她……

一颗红心为抗联

　　子弹呼呼如风刮，
　　再快难追疾驰马，
　　赤马仰头一声嘶，
　　嘶碎火网撒涧下。

　　棵棵树木块块石，
　　都来挺身掩护她；
　　敌人看马心战栗，
　　久闻将军有赤马。

　　马背不见骑马人，
　　疑是将军鞍上趴，
　　日寇边追边喧嚷：
　　"谁想立功要活抓。"

　　飞蹄好像大铁锤，
　　踏得岩石冒火花，
　　火花驮着飞马驰，
　　眨眼涧上又涧下。

　　呼玛被树枝打下马，
　　她爬起来跃身又重跨，

一颗红心为抗联，
再跌几下不算啥。

被擒

山泉清水搅泥沙，
敌人死盯红鬃马，
马嘶人喊百里外，
呼玛托风给抗联捎去话。

枪声——咔咔咔，
蹄声——踏踏踏；
几千个日本鬼子，
追击一个小呼玛。

山高路陡马失蹄，
小呼玛摔昏倒山下，
几千敌人涌上来，
鬼子官气得直咒骂。

追来追去一个女娃娃，
累乏几千兵和马，
一场美梦落了空，
一壶冷水呼玛脸上洒。

呼玛苏醒睁开眼，

千把刺刀逼供话：
"说，抗联在哪里？"
双目怒视作回答。

崖下腾起一朵云

刀刺枪打小呼玛，
浑身斑痕冒血花，
兴安岭看着心痛了，
满眼泪用云彩擦。

昏过去又醒过来，
呼玛开口说了话：
"我来指给一条路。"
日寇以为娃娃被打怕。

不，红心护党上了锁，
钥匙就是听党的话，
纵然千刀万剐小呼玛，
不会皱眉眼睛也不眨。

你看她引敌上悬崖，
眼里仇恨得冒火花，
鼓足浑身吃奶劲，
日寇叛徒撞落无底崖。

崖上敌人魂吓飞，
趁乱冲出红鬃马；
只见呼玛落脚处，
腾起一朵红彩霞……

尾　声

传说呼玛没有死，
山腰苍松抱住她，
瀑布唤她站起来，
追赶抗联跨红马。

太阳出来又落下，
草木枯黄又发芽；
当年走的抗联又归来，
红旗在岭上高高挂。

我在鄂家山寨里，
汤旺河畔见过她，
手摇牧鞭爱欢笑，
笑得鹿群追红霞。

红霞是呼玛的心，
呼玛的心变成霞，
红霞闪光好像在歌唱：
共产党的光辉暖天下。

※阿玛：鄂伦春语：爸爸。

※玛貌：是传说中吃人野兽，其形似猩猩。

※鄂伦春人把天上的神仙叫安都力。

※仙人柱：用几根木头搭成的简单住宅。

原载《长春》1960 年第 8 期

风摇杏树花又开

风摇杏树花又开，
千枝万朵吐霞彩，
叠岭似海翻红浪啊，
思念飞出云天外……

屈指难算心中情，
离别故乡整十载，
如今探亲走千里啊，
回乡喜逢花盛开。

花的国土花的村，
花在战士心上开，
花是先烈血染红啊，
朵朵饱含人民爱。

猛然听见枪声响，
千般喜啊万般爱，
只见云缝落飞鸟啊，
掌声如雷又炸开。

啊,大娘带笑走过来,
刚强秉性未曾改,
一把拉住大娘手啊,
记忆闸门又拉开……

我刚落地没睁眼,
娘送情报进林海,
我还没见娘模样啊,
娘为革命被活埋。

老交通啊刘大娘,
偷偷把我抱家来,
暖胸热怀做摇篮啊,
滴滴苦泪化成奶。

日寇要斩革命种,
半夜强把门砸开,
大娘昂首挺着胸啊,
搂我站起似松柏。

刺刀逼问:"他是谁?"
大娘怒答:"我的孩。"
阶级骨肉心连心啊,
敌人永远难明白。

任凭通缉满村贴,
黄金难把人心买,

大娘双眉锁风雷啊，
血泪史在心中埋。

真情不漏半点风，
春花秋月多少载，
话语化作千行泪啊，
一头倒在大娘怀。

祖国门外枪声响，
大娘送我守边塞，
临行飞针纳双鞋啊，
千针万线系着爱。

又是杏花朵朵开，
离乡十年我又来，
喜逢民兵上靶场啊，
大娘站在头一排。

别看大娘鬓发白，
朝气蓬勃志未衰，
当年杀敌那股劲啊，
威风凛凛今犹在。

跟党办社献出爱，
大娘把幸福苗深栽，
麦苗青青铺上天啊，
杏花朵朵含露开。

青的麦苗红的花，
喜悦全凭汗灌溉，
大娘望景美如画啊，
没忘美景从哪来。

夜风常把娘唤醒，
冒着暴雨修堤来，
护住万垧好庄稼啊，
稻花香飘千里外。

大娘汗为集体落，
累了旱烟抽一袋，
就是不肯炕头躺啊，
心在社里离不开。

民兵打靶她示范，
举枪恨又涌出怀，
百步穿杨射飞鸟啊，
大山和人齐惊呆！

我说："大娘已年迈，
歇气松松武装带。"
谁知这话惹了祸啊，
雷在耳畔爆炸开：

"世上还有吃人狼，

怎么能松武装带，
党培养的好战士啊，
心里要有烽火台……"

啊，大娘话不多，
化作红旗壮行怀，
从她身上承受到啊——
党的关怀民族爱。

啊，杏树花又开，
我借杏树抒情怀，
大娘豪情红似火啊，
又像那花朵开不败……

原载上海《文汇报》1973 年 8 月 3 日副刊

安 重 根

寻路救国

一个没有英雄的民族
不是一个伟大的国度
伟大国度前进的足音
不能没有英雄的脚步
高丽以英雄名字流传
一曲鲜血凝成的歌赋
歌赋啊感天泣地之歌
唤醒多少爱国的抱负

爱国不是一句口号
口号只能代表号召
爱国不是一幅标语
标语无法替代崇高
爱国犹如一支火炬
点燃心灵才能燃烧
爱就爱得一生披肝沥胆
像安重根那样百折不挠

安重根三个闪光大字[※]
是民族最高尚的名词
他是一个民族的英雄
他是一面正义的旗帜
他是一种爱国的精神
他是一身是胆的义士
他是一尘不染的将军
用生命和血写成史诗

一八七九年历史可作证
伴随广石川入海的涛鸣[※]
在翠绿欲滴的首阳山下
一个婴儿哭啼喊醒黎明
胸前缀满了七个黑痣
似北斗坠落七颗星星
哭啼渐渐变成了笑声
成长却受山川的启蒙

在那闻歌起舞崇山峻岭
歌舞化为个性水乳交融
他喜欢离开火炕去斗风雪
独闯苍茫一片无涯的林丛
纵身飞跨无鞍奔驰烈马
马背度过多少春夏秋冬
举枪一弹射落云中双雁
风锤雪炼飞出一只雄鹰

绿水环抱翠峦青纱
山河锦绣美景如画
晨迎出海一轮朝阳
晚送飞天万朵彩霞
网拉扑棱跳动银月
风吹摇醉田野稻花
世世代代赖以生存的家啊
一九零五年突遭日寇践踏

当屠刀血染祖国城池
暴戾把三千里江山吞食
血淋淋残暴灭绝人性
惊醒了梦幻中的良知
为了拯救祖国的劫难
热血激荡冲淡了哀思
不可屈辱的民族尊严
岂容日寇海贼倒行逆施

啊,触目惊人的炮火
掀翻了孩子们的书桌
一阵阵罪恶滔天的弹雨
击碎了母亲们的欢乐
炸烂了田野上的禾苗
打哑了情侣们的恋歌
连尚在母怀哺乳的婴儿
刺刀也没有把他放过

撕心裂肺的奸淫烧杀
触目惊心的抢掠打砸
多少愤怒反抗被活埋
多少房屋被炮给轰塌
这里本是欢乐的世界
被日寇变成悲哀的天下
风起云涌抗日的风暴
顿时像火山一样爆发

火！大街是火波烟浪
火！小巷是烟浪火波
火！心里喷的是怒火
火！目光射的是怒火
火！枪膛压的是怒火
火！手中攥的是怒火
宁肯身躯化为粉末啊
也要捍卫亲爱的祖国

他冒着敌人凄厉的枪声
舍身抢救负伤的士兵
染一身尚未凝固的鲜血
从死亡中夺回一条条生命
他接替牺牲倒下的战士
与敌拼刺刀中入死出生
心和抗日起义官兵一起
用血肉筑成爱国的长城

他被敌人抓去审讯
皮鞭抽疼了他的心
没从牙缝撬开半个字
只有怒火喷出了瞳仁
安重根宁死不肯屈膝
赤胆似玉石般的坚贞
没拿国格人格去兑奖
没昧良心去出卖灵魂

终被释放又回到家园
家是避风挡雨的港湾
家是茫茫黑暗的灯光
家是温馨暖心的驿站
家是心灵栖息的爱巢
家是终生厮守的欣欢
恨敌人已使国破家亡
成为魂牵梦绕的眷恋

从妻子亲昵的被窝出发
走出家庭生活的小栅栏
越过炮火席卷风暴的碉堡
穿越火线弹雨纷飞的硝烟
虽然他离家什么也没带
只有两手握着一双空拳
空拳却紧紧地攥着攥着
攥着一个寻路救国的誓愿

谁说一叶小舟不能远航
为救国敢横渡万河千江
伟大信念产生伟大理想
伟大理想赋予伟大力量
伟大力量来自伟大意志
意志成为雄鹰翱翔的翅膀
信心把平庸化为神奇
命运遇风暴冶炼坚强

难忘国土祖先血浸泪润
他在风卷战云中告别山村
虽然离开故土飘零异邦
梦中还牵挂着父老乡亲
眷恋校园里的激扬文字
思念生他养他爱他的亲人
无论海外救国寻路有多远
他都是民族一朵漂泊的云

曾经幻想教育救国大计
短期却难挽救亡国危机
决心出国寻找救国之路
从中国到俄国奔波万里
终于找出来一种启迪
终于寻出来一个希冀
一个永恒颠扑不破的真理
就是武装起来进行反击

义兵出征

逐寇誓愿时刻系着故乡
漂泊中度过岁月的沧桑
在困惑中产生奋起勇气
从黄浦江来到俄国海港※
胸中激荡征鼓与号角回鸣
身披暴风雪傲对万里寒霜
集结三百名救国民族精英
组成一支义兵开赴战场

枪口装进日月星辰
胸中吞吐出征风云
天峰山铸就钢筋铁骨※
清溪洞水育碧血丹心
好一位将军安重根
好一双无畏的脚印
好一颗英雄的虎胆
敢斗日寇万马千军

从将军到义兵每一颗心窝
都刻着四个字:抗日救国
袭击敌人的堡垒和哨所
用鲜血谱成胜利的凯歌
队伍在昼伏夜行中征讨

在渺无人烟青纱帐跋涉
忍受蚊虫飞蠓轮番叮咬
坚持战斗在炮火中穿梭

目睹打糕油盐被抢走
难忍鲜花美酒被掠夺
把笑语变成声声哭泣
将茅屋化为坟墓座座
这就是侵略者的罪恶
点燃反抗熊熊的烈火
义兵在群山林丛中出没
抗日成为民族举国战歌

有多少次梦中归故里
小溪浸泡捉鱼的童趣
母亲茹苦针缝全家的冷暖
妻顶水煮老小碗中的悲戚
心想回去又不能回去
国土上尚有烽火未熄
发誓将忠孝这两个大字
和子弹一起装进枪膛里

人搂钢枪卧睡在草丛
子弹却睁大醒觉眼睛
警惕随时会从地上跃起
夜行枪尖又挑落了星星
雨啊 洗涤衣上的血迹

风啊 吹皱帽顶的弹洞
脚蹚一路雨水和泥浆
划破多少日夜的寂静

在庆兴与洪义洞进攻※
所向披靡扬一路雄风
义兵欢呼胜利的喊声
变成震破敌胆的惊恐
是义兵像血染红的山峰
还是血染的山峰像义兵
巍巍金刚以此引为自豪
义兵无愧是抗日的骁勇

日寇入侵挑起的这场战争
多少无辜生命炮火中丧生
义兵被敌人俘虏砍了头
他却教育释放了日俘兵
并不是将军仁慈心太软
是国际没有杀俘的法令
日俘逃生却恩将仇报
引敌进山来偷袭兵营

会宁灵山森林都看到※
义兵气贯长虹反围剿
头顶是钢铁的风暴
身边是弹雨的呼啸
赤胆是阵地攻不破

忠心是战旗打不倒
进攻战略改为撤退
拖住敌人满山奔跑

凭一个战士的责任
凭对祖国爱得坚贞
凭对母亲感恩孝顺
在决死战斗中行军
没有粮食水煮树皮
没有树皮嚼咽草根
没有草根宿露餐风
忠诚铸成国魄军魂

炮火阻断了突围去路
峭岩森林将义兵掩护
当山风呼呼牵来夜雾
从荆棘草丛匍匐冲出
穿过一层层的封锁线
越过一个个死亡峡谷
但民族士气却未低落
就像山川流水永远不腐

义兵有的战士还很年轻
正是上大学读书的年龄
或许昨天还在母怀撒娇
还并不懂得什么是战争
但,战争却教育他坚强

坚强使他心拥海阔天空
面对敌人炮声隆隆围剿
也像将军一样岿然不动

冒着敌人猛烈的炮火
突围从高山林丛滚落
昏迷又被山风给唤醒
泉水帮他将死亡冲破
还未品过爱情的甜蜜
人生尚没有成熟思索
枪尖上却凝聚着威武
那是义兵的军魂旗魄

杀敌子弹已经打尽
粮绝更是饥饿难忍
三百义兵最后只剩下五人
但并未丧失抗日的信心
爱国就是最坚强的堡垒
又何惧日寇的万马千军
复仇决心填满刻骨憎恨
激励战斗意志更加坚韧

穿过密林前边还是密林
悬崖峭壁越过还有险峻
身后有敌人追击的枪响
左右是野狼出没的吼音
疲倦袭击也不能够停止

停顿等于丧失前进信心
只有披荆突围才有希望
只有斩棘前进才能生存

战斗就是战士的生命
生命就是战斗的人生
只要一天不消灭战争
心灵就无法得到安宁
子弹从耳畔呼啸飞过
这不正是战斗的号令
为祖国去战斗是美德
为民族去战斗是光荣

战斗没有情歌恋曲温柔
战斗需要刚强挺胸昂首
把所有哀愁从心中赶走
像冲过山涧奔腾地河流
什么能比抗日救国崇高
但战斗决不能空拳赤手
我们没有枪敌人手中有
用机智夺取枪支去战斗

断指血盟

一切都在战斗中变化
变化也在战斗中寻求

祖国啊,给他以力量
人民啊,给他以智谋
尚未杀尽毒蛇与野兽
怎能苦饮悲痛这杯酒
任它风暴雷霆狂吼吧
这正是唤醒壮志未酬

失败只是人生一个渡口
人不能在痛苦路上停留
停留就意味止步于绝望
思绪仍要驾起浪遏飞舟
舟底是年华奔涌的流水
天在水中浪还在天上流
成功啊就在希望的彼岸
穿越暗礁要与风浪搏斗

从失败中汲取教训
从教训中醒悟纠正
义兵队伍化整为零
组成一个断指同盟
同盟誓为大韩独立
连接世界保卫和平
此刻亲人还在痛苦呻吟
受难祖国还在刀林枪丛

痛苦能够毁灭迷茫的生命
痛苦也能唤醒困惑的生命

以星月导航是夜舟的生命
用思索前进是希望的生命
能饱受煎熬是珍惜的生命
能忍受痛苦是顽强的生命
能战胜痛苦是瑰丽的生命
能超越痛苦是辉煌的生命

安重根在痛苦中卧薪尝胆※
睿智驱散了战友一筹莫展
人虽在异国他乡烟秋下里※
他却把战友请进心灵家园
桌上没有酒与美味佳肴
只有国旗和刀摆在面前
有谁听说这样战友的聚会
有谁见过如此悲壮的席筵

皆闻崇鹤民族爱饮酒
陶冶情感心与心交流
常是亲朋欢聚斟玉液
琼浆满樽香把笑影留
如今国破家亡心涌血
发誓戒酒为了诛日寇
待到祖国独立欢庆日
畅饮庆功喜酒醉方休

并非是感情冲动一时
用断指鲜血代墨盟誓

断指是救国无悔的壮志
化为抗日战斗的旗帜
为了母亲们圣洁的乳汁
流淌着爱哺育每个孩子
为了祖国和民族的生存
舍身忘我以断指来明志

哺乳时爱抚母亲乳房的手
学步时紧握父亲牵手的手
上学时爱不释手读书的手
结婚时热烈拥抱妻子的手
秋收时拿镰刀割水稻的手
教学时用汗浇花育苗的手
祷告时心向天主祈福的手
结盟时为救国举战旗的手

曾被泪水洗涤的国旗
用断指血书大韩独立
这是生灵涂炭的呐喊
这是渴望和平的呼吁
这是抗日救国的壮举
这是民族意志的凝聚
这是宁死不屈的精神
这是不可欺辱的威仪

宁为祖国尊严而战死
不容丧权辱国忍羞耻

夺回失去的笑声和欢乐
收复神圣不可侵犯城池
若没有这个雄心壮志
就不配做义兵的战士
断指血盟无须咬文嚼字
血与断指就是庄严誓词

什么叫志同道合
断指血把密码译破
志同不分贫富贵贱
道合不争有你无我
情将粗野变成温顺
爱因理解同心同德
精诚团结如饥似渴
铁血燃旺爱国圣火

十二名战友心心相印※
如血浓于水指肉连筋
抗日疆场有他们的身影
救国征途有他们的脚印
在远离祖国万里的地方
海参崴录下他们的决心
断指为向往世界和平
众志成城为民族骄矜

活着不仅为避风一座爱巢
活着不仅为生活一家温饱

活着弃个人得失一无计较
活着就要把困难一肩重挑
活着要为我民族一国富强
活着就需要团结一致醒觉
活着就要活出来一个尊严
活着就要活出来一生自豪

以人格树立一个旗杆
爱为旗帜向五洲招展
断指是鲜血凝成的宣言
祖国不容任何人侵犯
断指时刻在告诫众人
血要浸透爱国的情感
用不着浓彩重墨再渲染
断指是不可战胜的威严

十二节义兵战士的断指
世界上难觅爱国的忠实
在付出流血痛苦之后
如大树宣布一个通知
无论风暴折断了树枝
还是被雷霆电击剥蚀
叶落也要把希望繁衍
繁衍新芽与春天会师

战争与和平是两个阵营
侵略与反侵略两条战线

泾渭分明容不得颠倒
正义与邪恶殊死决战
盟誓手指虽已用刀砍断
抗日之心却紧紧地相连
断指结盟何止仅十二个人
手挽手还有民族两千万

获悉伊藤博文要去哈尔滨※
安重根振奋几夜未能安寝
无论是日俄阴谋瓜分远东
还是密约共把祖国给吞并
只要日寇侵略的元凶能来
就能了却为祖国报仇雪恨
从海参崴足踏轮声滚滚
渐渐地向铲恶除奸靠近

哈尔滨行

一座座欧式房檐穹顶
一曲曲凝固音乐无声
一块块花岗槽形方石
一匹匹马蹄飞溅火星
一绺绺发闪蓝色眼睛
一群群异国女郎笑影
一家家商店酒楼人头攒动
一幅幅扑朔迷离幻觉似梦

人来人往的中央大街
本是属于中国的领土
怎么会飞驰沙俄的马车
路上还有牵狗金发贵妇
从马迭尔飘出靡靡之音※
伴随日本跶拉板 s 声起伏※
雪茄飘着刺鼻的烟味
给这里罩上一团迷雾

街头传来逃荒难民求乞
应和欧罗巴飘出圆舞曲
索菲亚教堂悠扬的钟声
夹杂着南腔北调的外语
这里并不是俄国莫斯科
也不是法兰西的小巴黎
它是中国关东的哈尔滨啊
已成列强虎视眈眈的土地

啊，日寇贪婪的胃口
又盯上中国高粱黄豆
垂涎那无边森林与煤海
妄图与俄瓜分这块肥肉
挥刀舞叉像切割牛排
豢养入侵杀人刽子手
日俄欲掠夺何止是国土
还想用百姓白骨压榨油

欣喜哈尔滨又遇家乡人
笑声洗掉一路仆仆风尘
入唇品味香辣乡土菜肴
洗耳恭听贴心醉人乡音
忘却朝夕悠悠异国思乡苦
感受浓浓郁郁故里温馨情
生活虽清贫而精神却富有
乡情激励着抗日救国的心

晨起侦察倾听一江波涛
多像故乡河水一样喧嚣
鹅鸭追逐孩子一起嬉戏
鸥抖云翅伴浪一齐弄潮
渔歌淋湿飞扬一网银鳞
岸边棒槌敲响一串欢笑
家家门缝飘出一屋米香
决心要夺回这一切美好

为了笑声不让炮火摧毁
为了婚纱不被浸染血泪
为了母亲不再苦难悲痛
为了祖国不再岌岌可危
为了灾难从地球上消失
为了世界没有弹雨横飞
为了和平进步尽善尽美
必须枪毙伊藤这个罪魁

从古至今英雄造时势
时势变化也能造英雄
风寒怎比壮志的血热
血热酿成英雄的行动
抗日救国心海的沸腾
化为丈夫义举的歌声※
尽管到处有特务阴影
也没盯住将军的行踪

双腿是侦察绘图的笔
心是纸上留下的标记
哈尔滨地图隐藏在心中
街道从陌生逐渐熟悉
掩护侦察用不着带枪
悠闲散步将战略隐蔽
脚步丈量路线的长短
测算出击成功的距离

夜晚点燃油灯的微光
光色似故乡红豆闪亮
在天峰山洁白的雪岭
厮守着冻僵了的林莽
红豆举起带血的相思
凛冽寒风冻不僵芬芳
无论黑夜还是在雪地
它都苦苦热恋着太阳

啊,灯火连接红豆闪光
这不正是他此刻的遐想
祖国与故乡如心中红豆
是一生一世的爱与希望
为这爱与希望远离祖国
为这希望与爱身在异乡
明天就要奔赴新的战场
今夜是他最后一次擦枪

在寻求救国的路上
他悟出了枪的分量
枪成为亲密的战友
日夜都没离开过身旁
枪不响时总是那样沉默
沉默也把他的思想武装
手常和枪倾心交流情感
知情者只有星星和月亮

他一次又一次地擦枪
每一次都把枪擦锃亮
擦亮神圣而庄严的使命
擦亮断指誓愿熠熠闪光
擦亮捍卫和平志坚如钢
擦亮抗日救国士气高昂
擦亮生与死无悔的选择
擦亮子弹消灭祖国的悲怆

把枪擦亮将弹头锉尖
弹头又刻上十字纹斑※
请莫对将军举动猜疑啊
不是耶稣背十字架受难
而是断指结盟血的誓言
身心融为一体为国奉献
歼敌致命必须弹扩凶险
增强杀伤了却复仇意愿

把万丈怒火钢铁装进枪膛
把威武不屈意志装进枪膛
把民族自信自强装进枪膛
把反对侵略决心装进枪膛
把呼唤和平道义装进枪膛
把复国独立愿望装进枪膛
把弹发万无一失装进枪膛
誓死完成告慰同胞的期望

像汹涌波涛挡不住浪尖飞舟
像悬崖峭壁挡不住瀑布奔腾
像冰封雪压挡不住春天脚步
像浩渺苍穹挡不住日月运行
像险涛丛生挡不住海燕斗浪
像枪林弹雨挡不住战士冲锋
他用机智指挥出征前的冷静
以冷静历险来完成庄严使命

每一次行动都是出征
每一回出征都为和平
这是向虚度年华告别
离开无所作为的人生
让抗日救国岁月的天平
来度量执行任务的轻重
只要能够消灭侵略战争
献身也是无悔的光荣

钢轨托起火车在奔腾
如肩似树像碑与琴声
肩膀扛起悲欢的轻重
树枝变幻四季的风景
界碑又将国境线划清
琴声跳动离合的感情
这回却变成一支枪栓
对准日本侵略的元凶

正义枪声

昨天断指血染国旗
今日成为出征序曲
走进车站重重枪林
一步一个龙盘虎踞
一举一动都需保持警惕

渐渐走入生死决战阵地
离火车进站尚需等待
他悄然隐身茶食店里

热茶融解了一身寒气
水浸将军待命的耐力
杯空了又被慢慢斟满
心潮起伏纷飞的思绪
月台是战斗浪尖风口
一个特殊的前线出击
哪怕是自己粉身碎骨
也要夺取义举的胜利

冷静品茶观察每一个黑影
安静又绷紧着每一根神经
平静决不容出现一差二错
镇静心从举止到一双眼睛
虽然每一步都是一个险境
坚定像执行军令一向慎重
慎重不是用克制一样约束
心灵要融入爱国一贯忠诚

列车缓缓地驶进车站
军乐奏响了沸腾一片
他胸中卷起万丈怒火
心底翻滚着仇恨愤懑
世界怎能容美丑不分

侵略杀人竟道貌岸然
天主啊,世态如此不公
欢呼声中祖国却在受难

镇静啊,不能打草惊蛇
从容需要无畏来定夺
义举的信心与胆略
决定胜利惊心动魄
巧妙隐身俄国军队的背后
藏在一个不引人注目角落
用敏锐的目光搜索
以睿智的思维勘测

此刻车站已被严密封锁
军乐已把寂静月台淹没
伴随摇旗欢呼声的起落
拥簇一个白须老翁下车
心里暗暗测算着距离
已容不得有丝毫差错
成功与失败只在瞬间
是生与死关键的一搏

镇静蕴藏着惊险奇谋
举枪是征战袭击日寇
谁敢说将军势孤力单
祖国就站在他的身后
身后还有战友和乡亲

枪口对准了衣冠禽兽
为报国破家亡血海深仇
只需要把枪机狠狠一勾

伊藤已成为釜底之游鱼
怒火终于喷出将军心底
砰！砰！砰！枪声响起
枪鸣带着仇恨弹击卑鄙
枪声啊，辉煌了正义
正义壮了爱国的义举
枪声使他成为惊世英雄
更为英雄民族扬眉吐气

他唯恐伊藤博文逃逸
砰！枪又第四次射击
枪声啊，向全世界宣布
哈尔滨成为英雄用武之地
伊藤随枪声垂头倒下
将军伴枪鸣昂首傲立
傲立大韩民族卫国豪气
为维护和平而顶天立地

立在森严刀山枪林之中
立在车站月台广众之中
立在枪鸣敌人惶恐之中
立在抗日战斗喜悦之中
他像飞鸟在天空展翅

挥动双臂为祖国歌颂
高声欢呼:高丽亚乌拉[※]
展现义兵将军威武姿容

千番万回血战的弹雨
不如这一次惊世壮举
击毙侵略者罪魁祸首
把义兵抗日胜利延续
松花江水滔滔为之欢歌
与汉江浪滚滚共吟狂喜
欢迎乐曲顷刻化为哀乐
欢迎仪式刹那变成葬礼

哈尔滨使安重根引为欣慰
哈尔滨成全义兵为国增辉
哈尔滨义举耗尽一生心血
哈尔滨敢让正义耀武扬威
哈尔滨抒发英雄抗日豪情
哈尔滨展示和平众望所归
哈尔滨正义枪鸣蜚声世界
哈尔滨完成将军鞠躬尽瘁

啊,哈尔滨枪响瞬间
把整个地球都给震撼[※]
枪毙了一个罪大恶极
粉碎了一个独霸贪婪
竖起了一个历史丰碑

赢得了一个和平心愿
夺取了一个救国胜利
吓破了侵略者的狗胆

日寇用惊魂未定绳索
将正义捆绑押上囚车[※]
被囚押何止是一个安重根
还有他所倾心热爱的祖国
前赴后继的阵阵枪声
哪一声不是抗日战歌
正义惩罚暴戾与邪恶
击毙伊藤有什么罪过

义举是天经地义的道义
道义是惩罚不义的壮举
壮举虽然没能阻挡侵略
却鼓舞了抗日救国士气
心为和平甘愿肝脑涂地
志在争取亲爱祖国独立
敌忾同仇枪口对准强暴
为国牺牲心又何足畏惧

他是祖国大地的一粒泥土
他是民族血脉的一个细胞
他是三千里江山一株大树
他是不畏冰霜的一棵小草
无论天塌地陷或山崩海啸

热爱祖国情感永不会动摇
不是世界各国舆论把他神化
而是母亲赋予他高尚的情操

巨石再重压不死草茎
不屈不挠又钻出石缝
历尽暴风骤雨轮番袭击
在苦难中仍孕育着憧憬
根须在泥土中不断伸延
桎梏也难扼杀顽强生命
连一棵小草尚且如此顽强
何况一位顶天立地的英雄

阴云飞卷烟霞吞没落日
黑暗笼罩地牢每块砖石
墙上不知是谁留下血迹
也给中国土地涂上耻辱
铁打钢铸成的囚人镣铐
也没锁住将军义举雄姿
隔壁传来阵阵鞭声不止
鞭也没抽毁抗日的斗志

地下密牢一次次审讯
国破家亡一桩桩仇恨※
日本野心对祖国入侵
是伊藤博文玩火自焚
义正使敌人哑口无言

词严令日寇丧胆失魂
将军和正义一起又被捆绑
从哈尔滨秘密押解旅顺？

狱中斗争

一个震惊世界的故事
一心为祖国复仇雪耻
一意孤行的战争贩子
一俘就以为万无一失
一扇很窄很小的牢窗
一间很黑很暗的狱室
一把很沉很重的铁锁
一场斗争却无法禁止

没见过火山爆发的湮没
不知道什么是惊心动魄
没看过大海日出的喷薄
不懂得什么叫光明磊落
非凡气概能使天地变色
正直的人从不粉饰自我
这就是安重根可贵性格
爱国永远都是气壮山河

爱是人类最圣洁的所在
爱是世界最受尊崇风采

爱浪从心底里喷涌而出
化为太阳光芒扫荡阴霾
爱能够不畏任何暴力
显现一无所惧的气概
自己国家由自己做主
不容强权霸占来替代

爱有时在梦中长出双翅
飞越山川敲开情的房门
母亲和妻子都睡熟了吗
他像孩子纯真轻轻一吻
不知是月光染白了青丝
还是苦难压挤出了皱纹
大丈夫有泪从未湿过枕巾
只有恨化为对敌斗争利刃

谁敢说将军手中已无枪
不！他始终没离开战场
身躯——是他的枪架
笔杆——是他的钢枪
正义——是枪的准星
丹心——是枪的弹膛
语言——是枪的子弹
他依然一身全副武装

从森严牢狱到法庭封闭
是正义与邪恶交战的阵地

韩日两国不同民族语言
化为硝烟交织纷飞的弹雨
邪恶审讯正义词穷理屈
正义揭露邪恶反唇相讥
将军为保卫和平而出击
敌人为侵略辩解更卑鄙

妄图勾销入侵血债
梦想把黑变成洁白
什么日韩友好亲善
掩耳盗铃岂能把罪恶掩盖
血雨腥风就是血腥
巧言诡辩也无法更改
他有时回击却是沉默
无声昂首也挺直胸怀

莫说他总是那么沉默
爱并没在沉默中度过
思绪日夜翻腾着激浪
心一刻也没离开哨所
敌人在法庭设明堡暗垒
每次出庭都被严词爆破
并不是将军能说善辩
是心中有亲爱的祖国

狗嘴怎能长出象牙
魔鬼怎能成为上帝

被告与原告在法庭上
是美与丑的鲜明对比
十字架在良心的法庭
耶稣也垂首默默无语
伊藤博文被将军击毙
无须用"误解"来做回避※

"误解"是阴谋隐藏诡秘
诡秘折射出阴险卑鄙
承认"误解"意味侵略合法
暗示不死只有背信弃义
正义岂能用"误解"歪曲
歪曲就等于叛国投敌
任凭敌人几次旁敲侧击
笑傲日本法庭荒诞无稽

敌人入侵枪炮暴戾恣睢
屠刀沾满了民族血和泪
那一堵堵的残墙断壁
都是站立不倒的伤悲
反抗侵略变成了罪犯
抗日救国被诬蔑为匪
残暴已使祖国天昏地暗
日寇却把血当美酒品味

一个扼杀和平的屠夫
强权霸占他国的死敌

是披一张人皮的恶狼
也配称为救世的上帝
上帝怎么会制造灾难
救世怎么使山河哭泣
让一切谎言都见鬼去吧
将军只有觉悟没有稚气

战士怎么能够苟且偷生
忠心怎么能够叛国投敌
正义怎么能够接受邪恶
真理怎么能够容纳卑鄙
只要望一眼手上的断指
就会想起一个英雄集体
为了苦难祖国的独立啊
忠诚铸就卫国铜墙铁壁

诱惑面前犹豫不决是愚蠢
生死面前动摇不定是懦夫
令人深恶痛绝的飞扬跋扈
永远不懂什么是昂首阔步
什么金银财宝高官厚禄
将军眼中只是一堆粪土
没有祖国还有什么幸福
为了母亲也不偃旗息鼓

拒绝用诡辩颠覆正义
拒绝把真理变成卑鄙

拒绝忍辱乞生的劝告
拒绝为丑恶恢复名誉
拒绝敌人篡改恩泽定义
拒绝敌人一切利诱威逼
拒绝阴谋将军横眉冷对
拒绝也是弘扬民族正气

铁门也难囚禁将军自由
晨望朝阳夜观七星北斗
寂寞也学李白举杯邀明月
权把一杯白水当做出征酒
梦中战旗浴血风中抖
醒来出庭继续去战斗
斗智斗勇斗法斗丑陋
斗得敌人心惊冷汗流

凛冽北风一次又一次强攻
结冰冻土一天比一天坚硬
牢外刺骨奇寒冰封雪凝
雪也难盖松树碧绿葱茏
人被霜欺雪压雄心未寒
心在痛苦折磨中坚持斗争
无论经历多么残酷的考验
也冻不僵对和平的憧憬

雁群北归之春企盼和平
树荫乘凉之夏享受和平

遍地滚金之秋倾心和平
儿童戏雪之冬热爱和平
如果五洲四海没有和平
环球岂不只有血雨腥风
战争制造人类巨大悲痛
只有和平才能消灭战争

人生有多少个夏秋冬春
都只不过是短暂的一瞬
双脚还被镣铐给锁着
镣铐重也比不过使命重
祖国富有已沦落贫困
同胞还在痛苦中呻吟
只要心脏跳动还有呼吸
思维就要在斗争中进军

透过铁窗遥望祖国
牵挂着年迈的母亲
他在牢狱斗争的生活
没因虚度年华而悔恨
日夜兼程赶写东洋和平论※
期望曙光冲散黑雾阴云
盼天峰山升起红日一轮
为祖国的独立耀彩辉金

牢狱寒冷冻不僵体温
孤寂突破黑暗的挑衅

像母亲灶火熊熊烧燃
似祖国峻岭巍巍雄浑
如故乡溪水潺潺流奔
纯朴语言写就历史的回音
平凡履历有不平凡的自豪※
那就是枪毙了伊藤博文

月圆牢门打开人却难圆
月缺狱门关闭人又渐缺
月圆月缺怀国心更忧
月缺月圆思乡心滴血
门外哨兵牵狗在走动
多像海岸横行的螃蟹
难道这就是"东洋和平"
不！分明是侵略者在造孽

书法明志

从铁窗的牢顶到地下
日夜囚禁心里多少话
想说只有冷冰冰的墙壁
不说整个心灵都要憋炸
有人求字促成他又披盔甲※
思维也助他跨上出征战马
写字为爱国情感的抒发
也是久蓄心头对敌的笔伐

斗争每一步都充满了惊险
骨气每一节都是爱的贞坚
爱就是心中的祖国
爱就是母亲的家园
谁妄图让他背叛所爱
除非宇宙海枯石烂
他用书法艺术表明志向
嘲笑敌人的明枪暗箭

"五老峰为笔,三湘作墨池
青天一丈纸,写我腹中诗"※
睿智以凝练化诗句
傲骨以正气写青史
书品人品融入亮节
善美之光皎皎成字
蕴涵深邃变为枪刺
击溃敌人专横放肆

多少心血悸动着深思
深思化为浓淡的墨汁
毛笔将灵感融为意愿
在纸上道明是非曲直
曲直是人生一座路标
路标能使人魂不迷失
不迷失对美与丑的甄别
爱与憎就不会本末倒置

将军高风亮节的展示
令人仰慕皆在每幅字
字融中国名句的精华
墨凝民族英雄的壮志
构思隽永而不落窠臼
广收博取而义在其词
豪放笔直而意不弯曲
字含弯曲而心却耿直

时而笔锋怒斥刁悍跋扈
时而墨泼声讨罪不容诛
"弱肉强食风尘时代"
罪恶已使流血汇成红湖
狂傲在高楼上饮酒歌舞
有人却屋檐下僵卧尸骨
"长叹一声先吊日本"
破坏和平在自己挖掘坟墓

笔本来不是一把利剑
敌人见了却一触胆战
字无非就是一种语言
日寇感应是一排炮弹
将军爱和平一成不变
抗日救国更一身是胆
只要生命仍一息尚存
就不容敌人一手遮天

运腕挥臂携雷带风
虽未听到震谷撼峰
风雷却依附在笔端
动魄全被墨汁巧融
一股雄性刚阳之气
万变皆在不离其宗
欣赏将军书法艺术
莫如字中领悟真诚

有人一生用过无数纸墨
不如将军一幅气壮山河
气在风格大气磅礴
壮哉卫国赴汤蹈火
刚毅揉进去温和啊
情感卷入爱的漩涡
警句启迪怎样做人
箴言哲理颠扑不破

他读书对笔就有感情
笔连着智慧每根神经
书籍陶冶了他的情操
墨汁抒发了他的爱憎
当他和正义一起入狱
祖国夜夜都潜入梦境
囚梦也没囚住笔墨
以笔反击刀光剑影

羊毫与砚台墨水交融
心灵和手臂相互呼应
字迹大小随心愿回旋
墨汁浓淡伴情绪变更
神韵风采皆跃然纸上
如太极拳术柔中有硬
将军书法体现出个性
如其人一样气势恢弘

笔墨也像火把烈焰熊熊
爱与憎点燃了每个灵魂
不管你承认还是不承认
他都学识渊博才艺超群
每个字都让人感到深沉
心血化墨汁顺笔尖流奔
最具特色内涵是品格
回肠荡气是爱国精神

爱国精神化为伟大思维
思维凝聚英雄斗争智慧
在祖国蒙受苦难的日子
心灵滴血淌着雪耻泪水
泪水被仇恨的烈焰燃烧
光明代替了一片漆黑
书每一个无声的汉字
都是一阵有声的惊雷

每当欣赏将军断指盖印字帖
就会令人想起烽火燃烧岁月
倭寇入侵祖国锦绣大好山河
民族惨遭血腥杀戮暴戾掠劫
爱国心燃奋起抗日杀敌战火
卫国壮志何惧抛头颅洒热血
将军断指用生命与鲜血盟誓
显示出民族不可外侮的气节

寿山石刻印章珍稀
鸡血石雕印信瑰丽
将军断指代替印章盖印
举世无双成为世代传奇
断指留下独创印章艺术
注释一个时代爱国痕迹
断指书法冲破铁门问世
凝重直白正义瑕不掩瑜

断指印章记载杀敌夙愿
断指印章记载浴血抗战
断指印章记载还我山河
断指印章记载民族苦难
断指印章记载抗日壮举
断指印章记载做人尊严
断指印章记载爱国答案
断指印章记载和平呐喊

远看断指书法像团雾
近观墨汁凝固已成书
无论字多少还是字大小
都能品味出将军的风度
犹如欣赏雄狮威武
又似壮观龙飞凤舞
节奏起落虽恬静无声
全在沉思用心去感悟

"忍耐"不是正义束手就擒※
"忍耐"也不等于是非不分
"忍耐"是大丈夫能屈能伸
"忍耐"是麻痹敌人的迷魂阵
"忍耐"潜伏如何报仇雪恨
"忍耐"隐藏救国赤胆忠心
与敌人谈正义是对驴弹琴
莫如"忍耐"去写东洋和平论

东洋和平论里的激昂文字
是他热爱世界的血脉交织
渴望和平鸽飞翔如诗似画
人民幸福成为生活中圣词
真善美不会被假丑恶腐蚀
爱国不是漂亮语言的修饰
斗争才是主宰命运的醒狮
每一个字都让人们心沉思

何人能比将军胸怀"极乐"[※]
"敬天"爱又融入火热水深
"国家安危劳心焦思"
心急如焚拯救祖国母亲
"为国献身军人本分"
笑傲死亡成为神圣责任
"丈夫虽死心如铁
义士临危气似云"

东洋和平论尚未成篇
敌人已吓得魂惊胆寒
生怕将罪恶曝光天下
血债必须用血来偿还
出尔反尔推翻了承诺
剥夺将军临终的著作权
一个杀人灭口的毒计
使世界失去一部经典

当**死**刑判决下达狱监
面对死亡他那样坦然
一生曾历尽多少悲欢
从未留下遗憾的感叹
心中只有受辱的祖国
至死依然难舍的眷恋
只要天地山川不毁灭
灵魂也在把祖国挂牵

咯噔一声牢门锁被打开
稀里哗啦镣铐响出狱外
哐当一声牢门又被关闭
牢中又有陌生人囚进来
押出去的再未见人归
囚进来的人又被虐待
牢房一百四十四个日夜
记载一百四十四次愤慨

壮烈殉国

世界上最真最诚的感恩
莫如对自己祖国的情深
一生中最亲最密的难忘
是将军梦绕魂牵的亲人
这一切都被侵略者隔绝了
隔绝不了的只有思念的心
临刑场越近心飞得越远
离祖国越远爱贴得越近

将军走向绞刑架的气概
无愧于母亲对他的宠爱
啊,苍天与大海多么辽阔
难比舍身救国的博大胸怀
这是何等非凡的民族风度

最后一滴血也要洗净尘埃
森林肃穆列队为英雄送行
大海浪山躬身向将军跪拜

啊,他是祖国彪悍之魂
民族悲壮行列中的伟人
心中奔涌是爱国的血浪
刚烈粗犷又蕴涵着斯文
他还有一颗纯真的童心
唯独属于宠爱他的母亲
母亲是他一生精神支柱
支柱使他雄风勃发振奋

振奋母爱育成亮节高风
最大孝道就是为国尽忠
宁为大仁大义而去死
不为小卑小贱而乞生
不屑一顾屡劝他上诉
无愧大义凛然的将军
视死如归威严日月可鉴
感天动地令人肃然起敬

走向刑场是最后一次出师
戎装洁白是祖传民族服饰
颜色融入母爱哺育的乳汁
每针都是母亲情感的缝织
生命裹着亲人难舍的眷恋

热血暖透为国殉难的意志
傲立英姿似巍峨一座雪山
风卷袍抖如白云化为乡思

他以哈尔滨引为骄矜
在那里击毙了伊藤博文
诀别时留下了遗言
遗骨葬在哈尔滨公园树林
祖国光复迁回故里
感天动地情有多深
就像骨肉连着每根筋
又如胸脯贴着每颗心

思念故乡满河流淌白银
阳光沐浴遍野树荫清新
姐妹们头顶着盆盆罐罐
空气中飘荡着米香醉人
孩子们欢跳着追逐鸟飞
老人们围桌品味着温馨
那是民族生存的精神家园啊
可恨日寇把幸福化为灰烬

国家无论富有还是贫困
都难容忍入侵蚕食鲸吞
民族无论幸福还是不幸
都不希望爱被暴戾蹂躏
每个国家都需要拥有和平

每个民族都渴望生活安宁
这是绞索套住脖子时的报告
呼吁太阳给世界带来光明

秘密绞刑亦难遮住鬼祟
日寇胆怯更难面对横眉
绞刑绞出一个爱憎分明
暴戾恣睢绞杀不亢不卑
绞出不屈民族爱国壮烈
绞出世界流出带血心泪
绞出侵略者残忍与卑鄙
绞出热爱和平坚不可摧

爱国是民族虔诚膜拜
膜拜情深如浩瀚大海
不管是哪个宗教信仰
爱似阳光和水离不开
为爱献出生命不足惜
却难容祖国任人主宰
圣经讲可以宽恕罪过
爱却决不容屠刀杀害

像天峰山一样高大的民族
像清溪水一样透明的民族
像太阳光一样炽烈的民族
像汉江浪一样豪迈的民族
像松柏柳一样顽强的民族

像金达莱一样恋春的民族
像安重根一样爱国的民族
是地球上最受崇敬的民族

生前是长青万岭的苍松
死后是流芳千古的丰碑
无私的心灵向全世界敞开
伟大的灵魂如山河般壮美
朝顶万国太阳的金光
夕披千里星月的银辉
日夜为祖国和人民祈福
心像天空一样和煦明媚

站立人能对祖国尽忠
倒下人能为民族尽孝
站立倒下都能够自豪
是祖国和民族的骄傲
鲜血润红了一个时代
犹如暴风雪中花枝俏
俏也不与谁去争春光
悄悄隐入泥土亦含笑

啊,他从降临人间第一声哭泣
一直到停止生命最后一丝呼吸
时间与空间的跨度很短
只有三十二个春秋交替
一分一秒从未有过虚度

一朝一夕都为弘扬正气
一生一世皆无愧于祖国
一时一刻也无悔于自己

他走了再也不会回来
却留下了沉甸甸的爱
生为了爱死也为了爱
爱是他高尚博大情怀
他的爱走向学校讲台
伴随着历史传播四海
啊，好一个爱如此了得
永垂不朽是人们的崇拜

人不会因肉体消亡离去
热爱和平精神还在延续
在每个拥护和平的国家
在每颗仇恨战争的心里
亘古永垂不朽的殉国啊
就是他刻骨铭心的壮丽
集思广益的雄才大略啊
"散败合成"留下传世的警句※

将军被绞死了吗？不！
他还在人们爱戴中永生
绞不死渴望独立的国魂
绞不死对侵略者的憎恨
绞不死抗击日寇的决心

绞不死为国捐躯的精神
绞不死前仆后继的号声
绞不死人民是抗日的后盾
绞不死新兵又跨上战马
绞不死世界在口诛笔伐
绞不死为和平斗志昂扬
绞不死出征者意气风发
绞不死斗争在千变万化
绞不死冬迎雪里绽春花
绞不死一位伟大的英雄
绞不死一代英雄的伟大

敌人惧怕世界声讨罪恶
秘密埋葬一代英雄殉国
殉国谱成万曲悲壮国歌
天上日月星辰全都记得
记得英雄如松傲斗冰雪
记得不屈像山气势磅礴
记得雁群纷纷南飞时刻
雪中还有腊梅敬献花朵

一览世界古今中外的史书
哪个民族不爱自己的先祖
为了先祖生儿育女的祖国
不惜赴汤蹈火和粉身碎骨
哪位烈士没有自己的陵寝
唯独将军安重根没有灵墓

花开花落一百年过去了啊
至今在中国还没找到遗骨※

缅怀情思

在哈尔滨火车站的月台
已迎送一百个冬去春来
日日南来北往笑声聚拢
岁岁北往南来人群散开
聚拢谁能忘记义举的枪声
散开却散不了崇敬的情怀
崇敬安重根对祖国的挚爱
这爱的力量能够排山倒海

几次历史上改朝换代
几回哈尔滨街名更改
唯独中央大街还未变
依然槽形石头欧式风采
马蹄踏踏轮声已经消失
哈尔滨向世界敞开胸怀
国际友人纷纷慕名而来
洋腔皆为改革开放喝彩

冬来欣赏冰雪大世界
夏来倾听音乐歌颂爱
春来洽谈贸易为繁荣

秋来笑观五花山稻海
春夏秋冬美景望不尽
流连忘返眷恋难离开
去谒拜安重根纪念馆
最美还是对和平的爱

当年国耻早已昭雪
喜看今朝的锦天绣地
敢问苍天英雄何在
在旅顺,还是在天宇
当年狩猎马追明月飞
天峰山上饮酒歌一曲
漂洋过海枪声扬国威
壮了亚洲雄风惊寰宇

在将军殉国的旅顺山谷
谁不在洞穴堑壕前止步
耳畔倾听山风呼呼吹
仿佛昔日孤儿寡母在哭诉
当年大海留下破船断橹
浪卷血的漩涡吞食尸骨
若问什么是侵略战争
鸡冠山留下血泪释注

石墙砌得又长又高
坑道修得又坚又牢
大炮铸得又粗又大

也难免被怒火焚烧
碎石堆中倒裂残碑
一任冷寂风吹雨浇
日寇遗留的北堡垒啊
一百年后还遭到声讨

旅游团从监狱遗址路过
发现一把锈得发霉铁锁
日本青年好奇问中国老人
——老爷爷，这是什么？
话像刀捅进老人的心窝
——这是侵略的罪恶
是啊，安重根为抗日救国
被锁囚禁与祖国母亲绝隔

或许有人遗忘昨天的战争
心还陶醉在凯旋后的复兴
和平已填平民族的仇恨
亡国耻辱还敲响着警钟
一部崭新英雄祖国近代史
是无数烈士用鲜血写成
在至亲至爱的神圣国土上
别忘了荣誉是爱国的赤诚

莫要说往事如烟消散
将军纪念碑屹立如山
远观如雄狮般的威武

近看伟大民族的尊严
在过去最伤心的峡谷
已被新世纪笑声填满
岁月中碑是不倒的历史
生活里碑是永恒的怀念

纪念碑下多少人痛思
昔日哀鸿血漫过城池
悲愤撕裂着民心发誓
誓凝百折不挠的意志
冒着敌人炮火冲刺
浩然正气出生入死、
鲜血写就爱国史诗
警示后人勿忘国耻

冬去秋来又逢百年奠祭
不！他还活在艳阳天地
他是世界瞩目一面旗帜
旗帜的名字叫国家独立
在祖国欢歌国庆的盛典
在庄严升起国旗的晨曦
在威武阅兵壮观的行列
都能找到他豪迈的踪迹

瞻仰先烈崇敬的遗容
有多少人流泪痛哭失声
因为他杀敌断指血誓

为祖国献出宝贵的生命
缅怀他都去谒拜纪念馆
如走进教堂一样的庄重
让世代都牢记血写的历史
这才是真正警世的圣经

海岛美景吸引各国来宾
可知英雄警世万代后人
请去谒拜安重根纪念馆吧
旅游路上也会遇到知音
迷恋树摇鸟飞鱼戏花溢香
不如欣赏传世墨宝更育人
正气可荡绝腐败无孔根
正义以傲骨雄心催奋进

先烈用鲜血染红的江山
以居安思危为国泰民安
要学那春蚕到死丝方尽
心甘情愿无私忘我去奉献
今天生活无论酸甜苦辣
都不能忘记血染的昨天
明天幸福无论悲欢离合
都要去创造辉煌的后天

安重根为了神圣的使命
战斗到生命最后的一秒钟
在新世纪出生的年轻人啊

千万莫为私欲膨胀放纵
盘算黄金轻重求发财
幻想桂冠大小争虚荣
迷恋花天酒地图享乐
莫如弘扬正气学英雄

莫吝惜为祖国付出一切
亦无须对困难叫苦不迭
遇到风暴不要随风摇摆
为正义要敢闯龙潭虎穴
人生只是来去匆匆驿站
拼搏不一定非完美无缺
只要无愧于祖国和人民
虽死犹荣也是一种超越

让后人都知道英雄的壮举
心灵就不会再迷茫与空虚
从世俗意识附庸中跑出来
昂首阔步与奋斗并驾齐驱
智慧是内心世界闪光揭示
可把人带进真善美的领域
历史每一个惊天动地脚步声
都是开创幸福生活的进行曲

让我们像先烈那样热爱祖国吧
让五洲四海在和平中春光和煦
让掠夺与杀戮匿迹销声

让人因和谐而欢天喜地
让太阳拥抱我们自由呼吸
让少女秀发明眸更加靓丽
让母亲晚年欢乐不再孤寂
让烈士在九泉下得到慰藉

可烈士慰藉余音还在绕梁
百年尚未找到埋葬将军的地方
昔日泣血留下遗嘱渴望回家
拥抱祖国大地山川和花香
花开落地已飞逝一个世纪
英魂还在旅顺翠峦上流浪
啊,盼望英骨早日回归故里
相思鸟日日夜夜在中国歌
唱……

原载《诗林》特刊 2010 年 3 月号、《北方文学》2010 年第 3 期

注释：

※安重根，字应士，1878年生于朝鲜黄海道海州府首阳山。1907年为抗日救国到中国考察，后在俄国海参崴组织义兵任参谋长中将。1909年10月26日在哈尔滨火车站击毙伊藤博文。1910年3月26日殉国，时年32岁。

※广石川，系海州府一座山名。

※黄浦江，系中国上海。

※天峰山与清溪洞是安重根七岁至二十八岁生活与成长的故里。

※庆兴是义兵在韩国咸镜北道袭击日本警署，洪义洞也是义兵战斗获胜的地方。

※会宁灵山，系义兵与日本守备大队激战的战场。

※卧薪尝胆，指中国典故，不忘国耻，立志报仇雪恨的故事。

※烟秋下里是俄国海参崴一个部落。（现为克拉斯诺）

※断指血盟十二人是：安重根、金起龙、姜顺奇、郑元柱、朴凤锡、刘致弘、找应顺、黄炳吉、白奎三、金伯春、金千华、姜昌斗。

※伊藤博文，系日本内阁总理大臣，枢密院议长，是实现各吞并朝鲜的元凶。

※马迭尔，系外国人在哈尔滨开办的豪华宾馆。

※跋拉板是日本木制的一种拖鞋。

※《丈夫歌》，也被称为《万岁歌》，是为大韩独立的一首战歌。

※安重根在弹头都刻上十字纹斑是为了增强杀伤力。

※高丽亚乌拉：俄语大韩万岁。

※指韩、中、俄、法等世界各国都大量报道了安重根击毙伊藤博文的消息与评论。

※1909年11月1日，安重根被日本宪兵关押到旅顺日本关东都督府监狱。

※指伊藤博文侵略韩国的十五条罪状。

※误解是日本律师说："安重根杀害伊藤博文是对日韩保护条约的

'误解'造成的。"实际是在暗示，承认侵略是合法的诡计。

※东洋和评论是控诉伊藤博文是破坏东洋和平罪恶的著作。

※安重根在狱中写下一万七千字的自传《安应士历史》。

※在狱中，有不少日本典狱、宪兵、法官敬佩安重根的高尚风节而来求字留作纪念。据《韩国痛史》记载有 200 多幅，目前只有 54 幅收藏在韩国安重根纪念馆。

※安重根在狱中写的诗歌条幅。

※"忍耐"是安重根在狱中留在世上一个珍贵的条幅。

※"极乐"、"敬天"、"国家安危，劳心焦忍"、"为国献身，军人本分"等都是安重根殉国前写的感人条幅。

※"散败合成"是安重根号召同胞要团结一致，为独立而奋斗的哲理警句。

※由于当年没有留下安重根被秘密掩埋何处的文字记载，遗体多次寻找，依然下落不明。

血的沉思

森村诚一与《恶魔的饱食》

枫叶红了，又到了多思的季节。

我望着从枫叶上滴答滴答落下来的露珠，仿佛在流泪……细细回味，怎么不能让人流泪呢？

1982年9月17日应中国作家协会邀请，由外联部邵刚同志陪同日本文坛著名推理小说作家森村诚一，偕秘书下里正树（日本太阳报记者）和翻译森川淳子（东京女子大学中国语讲师），一路风尘仆仆飞到哈尔滨来了。

我作为黑龙江省作家协会接待和全程陪同采访的负责人和省作协副主席关沫南一起到太平国际机场去欢迎他们。

森村诚一个子不高，一脸连腮胡子，戴着一副眼镜，双目炯炯有神，举止潇洒。见到他，关沫南和我都很高兴。因为还没有见到他的时候，我们就从他的著作熟悉他了。他的《腐蚀》《人性的证明》（即电影《人证》）和《花的尸骸》等作品在中国译后出版，便赢得了中国读者的喜爱。

森村诚一是一个坦诚而又直率的人，丝毫不掩饰自己的感情。因为他告诉我们，他的助手曾经在日本为他撰写日军731细菌部队的侵华罪行。一年内他跑遍了日本三十二个部道府县，接触到173名原731部队人员，并从他们那里取得证词，又经过多方面调查研究，终于写出两部《恶魔的饱食》。

他在被采访的原731部队人员中,有一个看守地下监狱的士兵给他讲了一个故事:有一天,这个士兵经过牢房通道,看到墙上用鲜血写出两个口号:"打倒日本帝国主义"和"中国共产党万岁!"

这两个口号,像两颗投向敌人的炸弹,炸得魂飞胆破,不大一会儿工夫,就被恶魔用灰抹掉了。但,革命志士抗日斗争的意志是永远也抹不掉的。

森村诚一还告诉我们,他从东京来哈尔滨之前,曾经发生了"照片事件",即日本右派抓住他在所写的《恶魔的饱食》第二部,用了几张与731部队无关的照片,借机攻击他,企图否定他的书,说照片是假的,书的内容也是假的。

他还多次表示,我对中国人民没有做过错事,但,我是日本国民,对日本侵华历史,我是怀着既无情揭露,又要真诚赎罪的心情写书的。

特别是1981年,日本文部省修改中小学教科书,篡改侵华历史,蒙蔽日本青少年,实际旨在复活日本军国主义。尽管遭到中日两国人民及全世界人民的强烈反对。但,这场斗争还没有结束,正因为如此,森林诚一才从日本到中国来了。

他来中国也有某些疑虑,是否会以礼相待?是否会有种种限制?是否对来访的日本人也叫"日本鬼子"?是否肯向我介绍731部队的情况?

当他来到中国以后,这些疑虑刹那便云消雾散了。因为他是为反对日本复活军国主义而来,是为继续揭露731部队滔天罪行而来,更为发展中日两国人民友谊和进行中日两国文化交流而来,因此,他受到了最高礼遇的接待。

森村诚一下榻和平邨宾馆,省作家协会、省对外友好协会、市地方史学会为他举行欢迎宴会。刚刚入席,屋外暴风骤雨追赶着乌云就来了,紧接天边一阵阵闪电带着雷声隆隆也滚来了……森村诚一对大家说:"天上打雷了!日本人一到哈尔滨就要打雷下雨,因为这是平房地区那些无辜受害的冤魂不散,在愤怒的控诉呢!"

中国作家协会外联部的邵刚却笑着说:"这只是对日本军国主义分子侵华罪行的悲愤怒吼,也是受害者家属对他来华采访流下感激的泪花,因为您是为那众多英灵申冤的日本友好文化使者。"

当我们和他商量在哈尔滨活动日程的时候,他既不要求乘船去游览碧波荡漾的松花江,也不想到江北去欣赏景色宜人的太阳岛。正是为了让生活充满含笑的目光,让岁月洋溢着喜悦的声浪,让婴儿甜睡在母亲的怀抱,让老年人呼吸得安详,让青年人心中没有悲痛和忧伤,他急于去走访朝思暮想的平房……森村诚一怎么也不会想到平房过去是一个什么地方?

平房,过去这里曾是居住着满族八旗子弟的村落,这片土地飞扬的是牧笛伴牧歌,翻滚的是金色麦浪和举着的火把。谁曾想九一八一声炮响过,日本关东军侵略者在这里驻扎下731部队的狗狼窝,霸占了民房,侵吞了土地,这里世代的欢乐,被悲哀所代替。

阴森森的铁门,高耸的烟筒,黑匣般魔窟,代替丰收的五谷,却是一堆堆白骨……

我们陪森村诚一驱车来到了平房,参观了731部队本部,方形监狱大楼和老鼠饲养室和干菌储藏室等地方……这里每一个布局,每个设施,都是为血腥大屠杀而精心设计的。千家的泪水,万户的悲愤,烈士的鲜血都凝固在每一块砖石上。

怎么能够令人容忍呢?

这里分明是反人类,灭绝人性大屠杀的地方!

731 部队大屠杀的手段,比在侵略战场上用刺刀刺、枪子射击、炮弹轰炸更为狠毒……给活人菌液注射、口服染菌食物传染、压缩空气、活体移植手术、毒气、人血与马血混用、人体吊挂头朝下、梅毒传染等做各种不同的实验……

731 部队这些穿着白衣的恶魔,用这些五花八门及各种不同的实验,将人反复痛苦折磨直至死亡而研制成杀人不见血的细菌武器,它曾残忍杀害了三千多活人啊!

特别是当我们给森村诚一看了于 1956 年自己摄制的电影《731 部队旧址残部纪实资料片》后,他非常激动,心情久久无法平息,他说:"731 部队很多问题,过去还是个'谜'? 根据电影资料提供的线索(像露出的地下道),可以解开它了。"

在这里,他听了被害人家属和从死里逃生的幸存者的亲身经历介绍,森村诚一说:"这是最有说服力的人证。"

在这里,他看了为细菌做实验所遗留下来的一件件器具实物。森村诚一说:"这更是无可辩驳的铁证。"

他怀着悼念亡灵,给受害者家属以慰藉的心情,走遍了 731 部队这个细菌杀人工厂的遗址,站在院子里默然久久沉思……

"该怎样来悼念亡灵呢?"

事后,森村诚一对我们说:"当时,我真想跪在那里,面向北方,双手合十,闭目祈祷,请亡灵宽恕日本人的罪恶……"

怎么能宽恕呢?

在 731 部队那些旧址旁边,还有几棵老榆树。这几棵老榆树,当年在日本军国主义战败逃跑的时候,曾用重型炸药毁灭罪证,把高高的烟筒炸掉一半,老榆树却逃过了一劫,它还顽强地活着,生长着……难怪这里的一草一木也知情,只要微风一吹,树枝就见人牵衣扯袖,凄然令人垂泪!

老榆树啊,它也是日本侵略中国的历史见证。

曾有多少革命志士在这里被狼欺犬咬,吃的是杀人细菌,喝的是同胞的血水,活着被押进去,出来已化为一堆骨灰……

森村诚一揭露得多么深刻:"难道这就是把'侵略'说成是所谓'出进'吗?"

咔嚓!随着照相机快门的响声,闪光灯同时闪烁着光芒。森村诚一用镜头拍摄了侵略者血腥的一个个罪证,它最能向全世界揭穿一切美化战争的谎言。

路经大门口,一群天真可爱的孩子正背着书包,说着、笑着、跳着……放学回家。

森村诚一见到此景此情笑了,笑得那么长久,他兴奋地说:"太好了,过去这里是制造悲惨的世界,现在变成培养欢笑的乐园。教育一下,永远铭记历史,不忘记日本军国主义侵略的罪行,将来会更好的建设中国的未来!"

在采访过程中,我们发现森村诚一又是一个严肃而认真的人,他观察731部队所有的遗址,都从历史上辨认。他访问从死里逃生的幸存者和平房居住的老户,都成为他续写第三部《恶魔的饱食》的第一手资料来源。

他从东京飞越万水千山来哈尔滨不觉得远,寸步之间又在于只争朝夕,一天从早到晚不停地奔走,不知道什么是疲倦,哪怕耽误片刻也为虚度时光而焦虑不安,每到一处他都不断恳求延长点时间。

多么感人啊,连中午都不肯返回市里到和平邨宾馆去进餐,却坚持走到哪里就在哪里吃顿便餐。当他在731部队原磁弹厂地下储弹的地方采访时,他发现这里已成了橡胶厂。他见厂长和工人接待参观采访非常热情，又正赶上中午食堂开饭，顺便邀请他们品尝一下东北人的家乡饭菜，他便欣然走进食堂和工人坐在一起，吃的是烤炉烧饼，菜是炒土豆丝、洋葱炒白菜、炖豆角和芹菜粉条等，当工人们问他："味道怎么样？"森村诚一边吃边高兴地说："好吃，特别好吃……"还说："我在日本家里吃的都没有中国工人吃得好！"

餐后他不仅把那一盆烧饼给拍了照，还和厂长及工人一起合影留个纪念。

但，一离开这里，看到外边 731 部队逃跑时留下的每一块断墙残壁都像在控诉！

他多么希望没有战争，消灭世界上一切悲哀与痛苦，再不让人们听见一声哭泣。可是，现在仍有人在妄想掩盖日本军国主义侵略中国的罪行，这怎么能够令人容忍呢？

采访这几天，森村诚一在哈尔滨市南岗区吉林街 125 号院内，发现了 731 部队"马鲁大"（即木头人）的转运站——白华寮。这里有个地下室，阴森森、静悄悄地……谁说静悄悄？不！它正在无声地控告：千石万砖皆是白骨建造。当年一潭血染水槽，汇成一个囚人的水牢。比野兽更凶狠和残暴，把人日夜用水浸泡……是"进出"？还是侵略？可到这里来问白桦寮的水牢。

森村诚一在哈尔滨，由听到看，对 731 部队的概貌逐渐步步深入，越是具体，越使他感到震惊！

当我们和他一起走进南岗奋斗路花园小学校办的花园旅社（原日本驻哈尔滨领事馆地下室）的时候，出乎意料地发现一个秘密。森村诚一久久凝望着当年这个刑讯室的墙壁，悬挂着一个铁滑车轮，转轴已是锈迹斑斑……突然感到心在紧缩，在这里曾经吊打过多少抗日的勇士和爱国者啊！

皮鞭的呼啸,血雨的飞落,也无法从人们心中夺走中国。啊,这滑车轮是侵略者罪证的浓缩,它道出侵略者多少罪恶!他的秘书下里正树把滑轮车用尺量了又量,还用笔把滑车画成平面图,记录得细致入微,只要发现一点线索,就顺藤摸瓜找下去。

在采访中,森村诚一得知黑龙江省作家协会副主席关沫南,伪满时曾因参与"哈尔滨马克思主义学习小组"活动,被日本宪兵队以"左翼文学事件"将其逮捕入狱。为此,森村诚一专门采访了关沫南。后来在《恶魔的饱食》第三部第三卷第二章第 37 至 42 页中,不仅介绍了关沫南的生平简历,还介绍了他的抗日斗争精神。

在地牢的监狱里,听说有人于 1945 年 8 月 15 日光复后,曾在这里发现一个小铡刀蜷缩在墙角,便把它送到东北烈士纪念馆做罪证陈列了。

森村诚一又跟踪追到东北烈士纪念馆,这个小小的铡刀引起他的注目,虽然已经半个世纪的时光过去了,他一边端详,一边思索:"难道这铡刀它已像一条毒蛇死去了吗?"

不!铡刀口犹存血迹。

最后,森村诚一在东北烈士纪念馆留言簿上写道:"为了和平,我愿意献上一块小小的石头。"意为投向法西斯分子。他还说:"和平与民主,就像滑翔机一样,不保护它,慢慢就会坠落。但战争,法西斯主义,你不斗争、不揭露,它就会逐渐上升。"他还多次阐明,正是为了这个目的才到中国来的。他还建议把哈尔滨平房原731 部队旧址命名为"战史公园",为纪念死难的中国烈士,希望竖立一个纪念碑,还诚挚地捐款一百万日元。

最后,森村诚一在离开哈尔滨时,在和平邮宾馆举行了盛大的答谢宴会,并为每一位支持和帮助他完成第三部《恶魔的饱食》的来宾一一敬酒,表示衷心的感谢!

如今，森村诚一的第三部《恶魔的饱食》已经出版发行三十三年了，没想到日本对731部队的揭露还在继续……

记得森村诚一曾经讲过："书暂且写到这里，但，只要对战争的记忆继续淡漠下去的话，它就不算完结。把731部队看作是日本人欠下的血债和日本军国主义犯下的罪孽，背负起这个沉重的十字架，才是补偿过去的过错，防止重蹈覆辙的唯一途径。"

这不正是日本人民的觉醒和对战争憎恨及对和平的热爱吗？

啊，枫叶又红了，让我们用枫叶般火红的炽烈情感，为和平做祈祷，愿和平永远给人民带来无限的温馨和人生的幸福吧！

日军纪念章

在日军战犯旧居，发现一枚日军纪念章，上虽然布满了锈迹，但，图像和字迹依旧清晰。正面字是："'支那'事变纪念章。"正面图为一架日军的飞机，一座起伏的万里长城和一片生长着高粱的土地。这不正是日军自己赤裸裸暴露侵略中国领空和土地，在进行轰炸和袭击吗？它还标明了"昭和十二年"侵华的日历。这不正是1937年在卢沟桥事变，七月七日的日子里吗？背面图是日军一个士兵背着炸药包，端着一架机关枪正在冲击……

这不正是侵华日军为了"庆祝""七七事变的胜利"，为侵华日军官兵颁发的"'支那'事变纪念章"吗？

可是，侵华日军战争罪犯，连做梦也没有想到，当中国抗日战争胜利，这枚纪念章却成为侵华不可饶恕罪恶的铁的证据。

石井四郎

曾以医学博士、工学博士、理学博士三个显赫学位自居。也发明过石井滤水器和给水汽车。用于和平,可以造福人类,繁衍生息;用于战争,却成危害人类,扼杀生息……

作为一位科学家,不为人类造福,却反其道而行之,在侵华战争中拿活人做细菌研究和试验,制造霍乱、伤寒、鼠疫……用中国人、俄罗斯人、朝鲜人等抗日爱国志士的生命却换取为日本天皇效忠的"荣誉"?

这"荣誉",就是石井四郎这个杀人罪魁祸首用人血写成的履历……

一桩桩,一件件,在哈尔滨、在长春、在林口、在海林、在孙吴和海拉尔四个731细菌部队支队用人血写的记载,也都是石井四郎的罪恶履历!

一页页,一行行,每一句话,每一个字,都记载着他杀人不眨眼的反人类空前绝后的卑鄙!

拿活人当老鼠

一条阴森森的走廊。

从棚顶到护墙和小窗，见不到一丝阳光。

这里，已无法分辨是白昼，还是夜晚，只有黑乎乎的一片……时而断断续续，传来一阵阵撕肝裂肺的惨叫声，形成了可怕的恐怖！

狠毒，"马鲁大"手脚被捆住，

残忍，用活人当老鼠来做实验物！

可恨，敌人为侵略战争在研制灭绝人性的武器——把鼠疫菌注射进活人的肉体，几个小时后，尸体便被送进焚尸炉里化作一缕青烟，从高高的大烟筒口中冒出……

狠毒，再没有比这更丧心病狂的狠毒了啊，千古历史有谁见过为使战争增强杀伤力搞实践，竟拿活人当老鼠？

可叹，石井四郎枉披一身人皮，枉读多少书！殊不知——士可杀，不可辱！

可悲，石井四郎杀人不择手段的罪行，已被世人唾骂臭名，将罪行昭著，遗臭万年……

活　靶

　　抓去老百姓做射击活靶,
　　拿活生生的人当靶射杀。
　　轻机枪——达达达,达达达……
　　步行枪——卡卡卡、卡卡卡……
　　记不清子弹有多少发,
　　数不清有多少人被杀。
　　杀了,还用刺刀将大腿肉割下,然后把人肉和猪肉、鸡肉、鱼肉
和蔬菜一起油炸!
　　炸得油光,炸得滚烫,炸得油烟飘洒。
　　连日本兵也不知道这是一盘盘什么菜?却把它当美餐,嚼啊,
嚼啊,狼吞虎咽吞下……
　　啊,倭寇惨无人道,真该千刀万剐!

"马鲁大"

一群又一群被转运，

一批又一批被押送……

终点,都被囚禁在日本731细菌部队的黑匣子地牢,每天都出出进进,谁也记不清有多少?

姓者名谁,也无人知道?

只知道都有一个共同的名字叫"马鲁大"。

"马鲁大"——含意就是被剥了皮的木头。木头人就是唯一的称号。

出出进进、进进出出,有的人未归来,是死? 是活? 谁也不知道?

只知道敌人用"马鲁大"来做细菌实验的标本,一个个被残暴地用刀破腹、割肠、挖心,受尽痛苦的折磨,死后被扔进炼人炉,白骨埋进万人坑……

这就是石井四郎所谓的向日本天皇效忠;

这就是731部队所谓的为"大东亚共荣?"

不! 分明是反人道及对人权的践踏和灭绝人性的大屠杀……

虽然我们至今还不知道每个人出生于哪个国家? 是哪个民族? 家住何处? 叫什么名字? 但,我们却知道他们都是反满抗日热爱中国的志士,有血有肉为反法西斯斗争而牺牲的战士。

慰安妇之一

　　世界上,无论哪一个民族,谁家没有贤惠的妻子,孩子的慈母和心爱女儿。可是,她们这些手无寸铁的人多么无辜,竟被日本军国主义在侵略战争中,在每一个被侵略国家的领土,在每一把沾满鲜血的刺刀下,被野蛮强暴,被逼迫成为日寇发泄兽欲的性奴!

　　还给她们起了一个共同的名字——慰安妇。

　　不是吗?从太平洋战争爆发开始,慰安妇便被关押与囚禁,甚至扩展到东南亚的……

　　慰安妇,有中国之妇,有朝鲜之妇,还有荷兰所属东印度的爪哇等地之妇……

　　这是对妇女人权的残虐践踏;

　　这是对妇女人格的卑鄙污辱!

　　日寇还为这些无辜的女人建立了"性奴档案",这档案已成为铁证如山的控诉!

　　控诉,向全世界大声疾呼;

　　控诉,慰安妇以泪歌当哭;

　　控诉,侵略战争的制度;

　　控诉,践踏人权的恶毒;

　　控诉,暴行飞扬跋扈必诛!

慰安妇之二

日本发动一次侵略战争,竟造成受迫害的"慰安妇"有二十多万人,这是一个多么令人震惊之数!

如今,大多数人已逝世,在世的人也已年过八旬,留给她们的时间已经不多了,但,她们仍在等待伸张正义!

抗战胜利七十年了,等待正义为什么还遥遥无期?

日本政府为什么还在敌对"慰安妇"?

难道耳朵聋了? 难道眼睛瞎了?

这最后幸存在世界上的"慰安妇"已经都快走到生命的尽头,但,她们肉体和心灵所遭受的双重磨难与痛苦是用语言无法形容的,有的已经失明、失聪、生活无法自理。但,均已不再因羞耻而沉默了,沉默就等于对日本侵略战争奴隶制度的宽恕!

到现在为止,有的人在生命弥留时,最后一句话还说:"我做了鬼,也要求日本政府,必须道歉和赔偿。"

人死了,骨头火化成灰,伸张正义不能化成灰;

人死了,骨灰可以埋葬,侵略罪行不能埋葬⋯⋯

人脑,当药服

五湖四海,谁见过有哪一个民族,灭绝人性的狠毒,侵略别国每一寸领土到处奸淫烧杀还不够,又因离不开"慰安妇"而荒淫过度,染上了淋病梅毒,亏他想得出,一个本来就被日寇杀害得体无完肤的抗日爱国志士也不放过,又用铁锤敲碎了头颅拿人脑子当药服……

不信?可查阅中国国家档案局第十一集《日本侵华战犯笔供选》中岛宗人的笔供。

1937年4月把逮捕给抗日联军做向导的鄂伦春人,严刑拷打被斩杀后,是他敲碎了鄂伦春爱国者的头颅,从中取出血淋淋的脑子,又用火烧得黑乎乎,当药引子,当成医治淋病梅毒的药,还拿出一部分当成贵重的药材送给魔窟其他鬼子,继续把被杀害死后的鄂伦春人遗体凌辱!

啊,这罪恶,罄竹难书。

铭记历史

忘记历史就是背叛

让历史作证,用史实控诉,以血泪发言,当年倭寇用飞机大炮与刺刀和细菌所制造的反人类的残暴而骇人听闻的罪行,虽然已被抗日战争的胜利钉在历史的耻辱柱上,但,它阴魂仍然未散,警惕啊!

为了让侵略罪恶灭亡,为了使世界和平永驻,铭记历史,把它编入中华民族世世代代子孙的教科书。

记住,忘记历史就是背叛;

背叛就是忘记历史,记住!

杨靖宇的脚印

　　老百姓用五谷杂粮养活中国一个骄傲的儿子。在白山黑水大冰川,雪地上响着嘎吱嘎吱的声音,靰鞡鞋的脚印,像一个个不可跨越的雷池,写下了震撼世界的反侵略的史诗……

　　杨靖宇的脚印,是抗日救国的枪刺,刺痛了灭绝人性的日本法西斯,围剿枪林困不住,弹雨纷飞难阻挡,敌人用万两黄金收买,也买不去抗日的斗志!

　　子弹打光了,已经没有一粒粮食,吃草根、啃树皮,吞衣上的棉絮,甚至嚼碎一根根枯枝,仰天朗诵诗:"人生自古谁无死……"这诗,化作了威力无比的炮弹,射向失魂落魄的日本鬼子……

八女投江

八块巨石在江心屹立。

传说那不是八块巨石，是东北抗日联军八女投江英勇不屈的身躯，霞映雄姿更加壮丽。

江水奔腾不息，仿佛在激昂地絮语：曾记否？九一八硝烟弥漫，江岸飞来侵略者的铁蹄。

岂能容忍火与血的洗劫，母亲扔下了摇篮里的心肝，姑娘把手中针线遗弃，八女结成一个铁的集体，餐风饮露出没在山区，披星戴月奇袭顽敌。

敌人多少碉堡化为青烟一缕，八女威名惊天动地。敌人消耗八个师的兵力，围追堵截八个中华儿女。射出最后一粒子弹击毙追击一个顽敌，没有眼泪，没有悲哀，砸碎手中的武器。

对于枪，八女何等的爱惜！敌人曾以黄金和银币，未能将枪从八女手中换取。敌人曾用通缉和搜捕，也没能把枪从八女手中夺去。

把枪砸碎，投进江底，臂挽着臂，昂首向大江走去。

风浪啊，夺不去抗联战士的忠魂，八女化作八块巨石在大江中屹立……

她们死了吗？不！她们还活着：活在抗战胜利历史里，活在学校课堂书本里，活在后来人的心灵里……

春归，身披满天光曦；秋去，脚踏一片枫溪，河畔屹立雕塑投江八女;这里已成塞北旅游胜地。

　　有人曾经见过,一位日本老人,在八女塑像前跪下双膝,眼眶流出滚滚泪雨……

浩气长存

——悼念一位抗日联军的老战士

一

凝望云雾白似雪,雪中远山如浪叠,云隔山挡遥遥的路啊,难把思念英雄的情隔绝。

北岭花落南山开,草木皆知孤胆闯虎穴,几声鞭响羊出村,去会战友把情报交接。

路遇日寇刀影劫,威武不屈可问林海月,游击巧摆杀敌阵啊,军机绝密一丝不能不泄。

心坚如铁斗志决,为国愿洒一捧血,刀放脖颈不寒胆,枪对胸口不变节。

二

桦皮信传战友手,山中雾里出豪杰,敌人进山应声倒啊,弹如雄风扫落叶。

敌人怒烧森林火封山,山涌浓烟路上人影绝,烧林难毁爱国情,封山难锁抗联战士鞋。

悬赏布告满村贴,上有画像,下有兵查街,黄金难买众人爱国心,凝望云中远山情切切。

乡亲送你进密林,村头柳摇招手别,从此书托雁,梦回家,醒来深山密营月影斜。

三

山泉野味过年节,革命情怀好壮烈,踏融北国千山万岭雪,跟党横扫敌寇硝烟灭。

呼啦啦——五星红旗挂上天安门,一生艰苦全被喜融解。白发苍苍不停锄,挥锄迎接新日月。

村里金谷银米山外流,你几次代表抗联老战士到北京去受检阅。谁相信你已经离开了人间,你用爱混合汗水培育的麦种,年年漫山野……

野花环抱红石碑

青山绿树流银水，
野花环抱红石碑。
李兆麟将军在碑上刻的诗啊，四十余载风吹雨打色未褪。

东岭出猎西山归，猎得花鹿常断炊，不是鹿肉没火烤，日寇抢劫官抽税。鞭痕满背一眶泪，记下敌人滔天罪，踏遍林海寻抗联，誓作雪岭冰崖梅。

战士机枪争着扛，将军行囊抢着背，反击日寇扫荡那场浴血战，孤胆闯阵，掩护队伍突重围。英雄人在阵地在，弹雨烽火攻不毁，像夺得了胜利一样，他夺得了英名永垂。

青山绿树银流水，仿佛日夜歌唱红石碑，抗日英雄乌德，为国殉难的鄂伦春烈士永生辉！

大　刀

　　东北烈士纪念馆,陈列抗日联军一把大刀,多少中外参观者,看到这刀发出惊人的感叹……

　　万锤叮当敲打,千丈怒火冶炼,刀光闪灼出中华民族的威严,无畏无惧奔赴国难,大刀啊,成了百姓抗日的呐喊!
　　敌人的飞机大炮火网漫天,也难阻挡勇士冲锋……
　　大刀左劈右砍,横扫一片狼烟。
　　大刀啊,威风凛凛,动地惊天!
　　砍断了多少层层钢铁呼啸火线……
　　用日寇的血来洗刷国耻,粉碎侵略的梦魂贪婪。
　　一把大刀,也能写就杀敌上千的历史,肉搏战把整个世界给震撼!
　　好一个大刀啊,无愧是万锤叮当敲打,难怪千丈怒火冶炼,刀光闪灼出中华民族不可侵犯的威严。
　　怪不得敌人见刀吓破胆,岂知大刀也有英雄虎胆!

永不消失的号声

　　一只铜号,陈列在东北烈士纪念馆里,勾起抗日联军战士多少难忘的回忆……战马嘶鸣风卷旗,号声啊,飞出了山林,炮火啊,染红了云霄。

　　冲锋号声落又起,火线上出现杨靖宇,突然一排炮弹飞来,落在将军的左翼。

　　号兵舍身护将军,一片弹皮砍进胸膛里,鲜血浸透了军装,一阵疼痛啊,一阵昏迷。

　　他要疼昏倒下去,一个思想又把他扶起:战友们在等待号声,坚持,坚持就是胜利!

　　他用尽最后一口气,鼓舞多少战友英勇奋起。号声啊,赢来了胜利,日寇讨伐几千兵马,全部葬送在号声里。

　　勇敢的号兵并没有死去,他还活在老战友的心里,每当唱起义勇军进行曲,号声就在音符里凝聚……

背　夹

鄂伦春人心灵手巧,为抗日联军制造多少抗日斗争武器……至今还保存在东北烈士纪念馆里。

东北抗日联军的给养站在哪儿? 在老百姓的背夹。

背夹啊,小兴安岭的树枝。用不着询问它的主人住在哪儿? 他就在塞北千村万家。

昔日侵略者比狼还毒辣,紧把血雨腥风吹洒,枪林刀锋封锁千里路,封不住这小小的背夹。

星月照路,悄悄溜出村,匍匐前进,出没在铁丝网下,巧妙躲过追踪的目光,跋山涉水,夜宿在青纱帐下……

一路松涛招手相迎,笑声洗去一身疲乏,乡亲们深情打开背夹,把多少颗母亲和妻子的心,送到抗日联军亲人的密营。

从背夹卸下粮食和盐粒,代替多少亲人要说的贴心话。啊,背夹——抗日联军的给养站在群山里流动,一直把胜利的道路通达……

滑雪板

　　滑雪板绑靰鞡鞋,鞋带数不清断了多少节,节节留下山磨印,从印痕里能望到那艰苦的岁月。

　　兴安岭上落大雪,雪封林海鸟飞绝,封不住抗日联军战士的手,松枝灯下连夜赶制战靴。

　　树木制成滑雪板,

　　兽皮缝成靰鞡鞋。

　　跟随杨靖宇将军出击,雪给战斗提供了战略,滑雪板托战士像雄鹰在空中飞翔,又似破浪中疾驰的白帆叶叶……

　　抗联战士穿风披雪,

　　在雪岭银峰上翻越。

　　冰雪助威,出没在龙潭虎穴,日寇在爆炸的火光中覆灭,啊!滑雪板是一支支巨笔,书写胜利频频报捷!

桦皮鞋

桦皮鞋,是东北抗日联军的战靴,神出鬼没在兴安岭,踏破万里山河雪。

桦皮鞋啊,这是一双什么样的鞋?

把它比喻成钢铁,不! 钢铁还能生锈,它永远光泽纯洁。

穿在英雄的脚上,盛着爱国者的血,胜利悄悄地跟踪,鞋印刻着凯旋的喜悦……沿着群山,走进战斗,穿越林莽,度过日寇坚壁清野封锁山岭的岁月。

桦皮鞋啊,桦皮鞋,别看像鹅毛一样轻,威名却震惊整个世界! 东北十路抗日联军,带着猎人的剽悍,带着民族的威严,和祖国一起把侵略者消灭!

啊,桦皮鞋,英雄的战靴。

旅顺口回眸

东鸡冠山

啊,东鸡冠山谷,
旅顺绿色的门户。

南来的旅客,北往的游人,谁不在那洞穴堑壕留步,凝神默默地细看,啊,这是一部日寇侵华历史教科书。

是谁,把牙根咬得嘎嘣直响?啊,是仇恨嚼着痛苦。听,山风在耳畔呼呼直响,仿佛传来昔日孤儿寡母的哭诉,茫茫地大海只留下破舟断橹,人被血的漩涡吞没了尸骨……

谁若问:什么是侵略战争?

请到旅顺口的东鸡冠山来看看吧,这里有最深刻的注释!

北堡垒

用水泥灌注,用石头筑造,
为历史留下了野蛮和残暴!

石墙砌得又长又高,坑道修得又坚又牢,大炮造得又粗又大,仍然免不了被正义的怒火焚烧……

如今,断壁碎石留下了残梦,冷寂一任风吹雨浇。顽固的堡垒已被捣毁了多少年,只剩下残碑尚未刨出扔掉。

留着吧,让这残迹永远保留,给全世界看看,什么是残暴的丑貌!叫它世世代代孤立在荒郊,任后人来把敌人的野心嘲笑。

白玉塔

一座白玉塔,高耸入云雾,

一本侵华史,血腥的记录。

石砌石垒,中国人民的血泪,干梁万柱,中国人民的白骨。

白玉山啊,听见过皮鞭的呼啸;白玉山啊,看见过血溅塔身,有多少仇风恨雨从裂壁缝隙中涌出!

入侵者虽然早已被历史无情的惩处,留下白玉塔,栉风沐雨,日夜亲吻祖国的云雾,昂首眺望旅顺港口,多像威武不屈的民族。

听,汽笛声声春风拂,

啊,海上扬帆浪擂鼓。

白玉塔啊,你望见了吗?

为振兴中华,大海日夜都在忙碌,为祖国献出一笔又一笔巨大的财富……

关于牵牛房的传说

滔滔地松花江水，多少年来一直在流传着 20 世纪 30 年代关于牵牛房的许多传说……

萧军与萧红曾把牵牛房看成为是一个反满抗日的革命大家庭，因为，他们从这里得到了温暖和力量。

金剑啸、罗烽、白朗等把牵牛房当成地下党接头的联络点与交通站，因为他们是受中共北满地区书记杨靖宇的派遣，在北满团结左翼文化人和扩大抗日宣传的一支先锋队。

舒群说，牵牛房不仅是左翼文学艺术家的会馆，还是反满抗日文章秘密的编辑部，因为，所有的革命活动，都是在这里进行的。

牵牛房位于哈尔滨道里尚志大街（原为新城大街）南头路东一幢独门独院俄罗斯式小房。这里住着从北京大学毕业的高才生，也是一位受人尊敬的反满抗日爱国画家，他叫冯咏秋。因为在这里居住的两家主人都喜欢花草，每到夏至与秋末就在房前房后种满了牵牛花，一到夏秋两季就蔓爬藤伸遍房檐，也缠满了篱笆，红、蓝、白、黄、粉、紫各色牵牛花，似悬挂在墙上的一幅用花朵织就的画屏，使房子变得既荫凉又幽雅。而主人真正的目的，不在于赏花，而是利用那密密麻麻的绿叶和牵牛花，把整个房子遮盖严严实实的，宛如前沿阵地一个掩体战壕。

说它是战壕，一点也不过分，因为这里始终在进行反满抗日的战斗……中共北满地下党派金剑啸、罗烽、白朗、舒群等人，在这里组织起来，"星星剧团"排练过抗日的戏剧，射出去的是揭露敌人侵略阴谋的炸弹……还在这里巧妙地利用伪满《大同报》创办《夜哨》，还通过《国际协报》白朗办的《文艺》周刊，发表过大量反满抗日的文学作品，那些作品就是一颗颗子弹，射进敌人的心脏。

在这里要特别提到萧军和萧红，他们和牵牛房的两家主人都亲密无间，并把这里当成最温馨的家。实际上，他们有两个家，一个是商市街（现为红霞街）25号，一个是牵牛房。但，两个家的反差太大，商市街的家，冷冰冰的，炉中没有一粒火星，饥饿时画根萝卜，权当充饥；牵牛房的家，热乎乎的，炉中的火暖心灵，饿了有热饭热菜，嘴里嚼的是战友的关爱……

萧军和萧红在这里除了协助地下党印宣传品外，还用"三郎"和"悄吟"的笔名，发表了许多小说，诗歌与散文，应该说他们真正的文学创作生涯是1932年从哈尔滨松花江畔起航的，船在黑暗中航行离不开灯塔，这灯塔就是中国共产党。萧军和萧红永远忘不了在牵牛房与金剑啸、罗烽、白朗、舒群、塞克及黄天明与冯咏秋等人的相识与交往而结成深厚的革命友谊。特别是他们如果没有与金剑啸这位左翼文化运动核心人物的交往，怎么能够唤起向鲁迅先生拜师的强烈向往呢？

萧军更忘不了，在牵牛房经舒群介绍认识了当时吉林省磐石县抗日游击队的指挥员傅天飞，在他一次秘密潜入哈尔滨与舒群接头时，傅天飞给熟悉军旅生活的萧军讲磐石抗日游击队的故事……这个故事像松花江跑冰排一样，猛烈撞击着萧军的心灵，于是这个故事就变成了他在牵牛房构思《八月的乡村》创作素材，并在商市街25号那个家写出初稿。与此同时，萧红也以她那爱国的激情和对邪恶的刻骨仇恨及对美好的赤诚热爱，绘出了真实历史的画卷，另一部描写东北人民抗日斗争的经典长篇小说《生死场》诞生了。后来1935年萧军的《八月的乡村》)和萧红的《生死场》

均由鲁迅先生作序,只不过《生死场》多了一篇胡风先生的读后记。两部书在上海出版,立刻在文坛上引起强烈的反响,都成为并驾齐驱的第一部反法西斯战争文学作品,被人民刻在中国现代文学史的丰碑上。

牵牛房,尽管已经成为一百年前的历史了,但,它的功不可没,因为这里是当年东北沦陷文学艺术革命的发源地啊!

啊,牵牛房,在哈尔滨的历史上,已成为令人注目可爱与崇敬的地方。也许会有人说:"这一切已成为过去了,还到哪里去寻找这里的主人?"殊不知,冯咏秋的儿子还在,他是《哈尔滨日报》已退休的杰出新闻记者,他继承了父亲的绘画和摄影等艺术,他叫冯羽,还想更细致的了解牵牛房的历史沉钩,就请去找他吧,他会讲得比我写的这些传说更激励人心。因为牵牛房是他父辈反满抗日的革命家史啊!

2012 年 10 月 28 日

萧红死不瞑目

萧红，是中国一位伟大的左翼女作家。

说她伟大，是因为只要心脏还在跳动，她就在坚持抗日斗争，她从哈尔滨、青岛、上海、武汉、重庆，最后一站在香港故去，一步步走下去，步步都是抗日斗争的路啊！

特别是在近代史上，日军侵略中国许多重大的事件，她不仅目睹，还亲身经历过……

九一八时，她在东北；

七七事变时，她在上海；

撤退时，她在武汉；

日军飞机轰炸时，她在重庆；

第二次世界大战时，她在香港……

萧红一生始终没有离开过风云时代斗争的漩涡，她始终反对一切黑暗与腐朽的东西，她始终不渝地歌颂光明与正义的伟大事业。

萧红无愧是中国妇女历经艰辛、悲哀、寂寞与苦闷中奋起抗争的代表。她不仅是呼兰河的骄傲，哈尔滨的光荣，也是中国的自豪！

萧红在香港逝世，临终时，她留下悲愤的遗言："我将与蓝天碧水永处……半生遭遇白眼冷遇……身先死，不甘，不甘……"

萧红怎么能甘心呢？在她三十一个春秋的岁月中，正是一生中最美的花季,却只有十年文学写作生涯,又经历了那么多的生活艰辛与痛苦,刚为中国文库留下长中篇小说四部——《生死场》《马伯乐》《呼兰河传》和《小城三月》,短篇小说和散文集七部——《跋涉》《商市街》《桥》《牛车上》《旷野的呐喊》《回忆鲁迅先生》《萧红散文》,还有散发在全国各地报刊上大量的诗文,近一百多万字,这正是一个作家创作精力最旺盛的年龄,她怎么能甘心呢?

1942年1月22日,这是一个悲痛的日子。

萧红带着对日寇侵华的仇恨和怀国思乡的悲愤,说出最后一句话:"这样死,我不甘心……"不甘心,是萧红心灵的呐喊!不是吗?

> 不甘心生命花蕾凋谢
> 诅咒那风狂的黑夜
>
> 不甘心这样生离死别
> 盼望春归把冰融解
>
> 不甘心走出人间世界
> 憧憬那美好的岁月
>
> 不甘心也是一种抗议
> 对丑陋更深恶痛绝
>
> 不甘心是忠诚的媒介
> 至死没把祖国忘却……

萧红在停止最后一丝呼吸的时候,双目始终难合,仿佛心里还有许多话想说……

　　　　生前无法安然坐卧
　　　　时刻忍受痛苦折磨

　　　　从日出到晚霞隐没
　　　　总像身边少点什么

　　　　不是追求生活享乐
　　　　而是渴望自由生活

　　　　倘若生活失去自由
　　　　犹如奴隶带上枷锁

　　　　死亡并不感到可怕
　　　　可怕是失去了祖国

　　　啊,萧红为了祖国,死不瞑目啊!

　　　　　　　　　　1981 年 1 月 22 日

抗日作家关沫南

每当我读艾青的诗：

> 即使我们是一支蜡烛，
>
> 也应该蜡炬成灰泪始干；
>
> 即使我们只是一根火柴，
>
> 也要在关键的时刻有一次闪烁
>
> ……

此时此刻，就会使我想到已故著名满族作家关沫南。

他无愧是一支蜡烛，他的写作生涯和他的生命在一起燃烧的时候，他的著作就会给人带来一片光明。

他无愧如一根火柴，每当祖国命运与自己生命紧密相连，关键的时候，他的智慧与愿望，就会有一次闪烁。

这些，关沫南一生的经历可以作证。

知道吗？关沫南 1919 年 11 月 14 日出生于吉林省永吉县小兰屯一个满族的家庭，曾祖父是清朝一个地方官，后来因家庭败落，在他满周岁那年和母亲一起到东北军父亲的部队，开始了随军生活，跑来奔去，他在军马背上长大……

在马背上长大的孩子，也只有蒙古族，可他们骑的是牧马，而关沫南骑的是军马，这在那个年代来说，可谓是个极为稀少的新奇事啊！

后来他和母亲随父亲的部队驻扎来到哈尔滨郊区。

1932年,关沫南刚十三岁,随着卢沟桥九一八事变的炮声,日本侵略者已踏入东北……他目睹了父亲和部队一起在双城浴血奋战保卫家乡的抗日战斗……

1933年,关沫南在北满特别区立第二中学读书,又亲眼所见震惊哈尔滨的"四八惨案",一群日本宪兵和特务荷枪实弹,全部武装闯进了学校,把正在上课的老师和同学逮捕和枪杀……

激起手无寸铁的师生威武不屈,纷纷奋起反抗,用生命来捍卫中国人的尊严,日寇用子弹和刺刀屠杀了反抗的人群,使一个平静读书的学校,变成了不平静的血流成河的屠杀场。

这两次抗日斗争,血写成的事实,给关沫南上了一堂走向革命进行抗日斗争的第一课。

于是,在二中他结识参加过三十年代初哈尔滨左翼文学运动的高年级同学唐景阳(林珏),听他讲金剑啸、罗烽、白朗、舒群、萧军、萧红等以笔为枪与敌人斗争的事迹,读过他们的作品而受其影响,开始在唐景阳主编的校刊练笔。

因为关沫南酷爱文学,如饥似渴在寻找书籍,在日夜读书。为了买书,他勒紧了裤腰带,中午不吃饭,省下钱来跑旧书摊买书读,正因为如此,引起了以售旧书来做掩护的地下中共党员王忠生的关注,并主动把苏俄的革命文学作品《铁流》《毁灭》《夏伯阳》等进步书籍借给他读。久而久之,王忠生加深了对关沫南的了解,悄悄把他领到地下党的秘密交通站也是王忠生的住所,从床底下的地窖里拿出马列主义书籍,不久又介绍他认识了1932年曾任中共北平妇委书记妇女部长的关毓华(陈紫)。从此,关沫南更进一步受到了党的教育,确立了对共产主义的信仰,党使他变成一支蜡烛……

1936 年 6 月，金剑啸因撰文悼念高尔基逝世，激怒日寇而被逮捕，《大北新报》被查封。不久，金剑啸所支持的哈尔滨口琴社，又因演奏革命歌曲，被敌人镇压，但，左翼文化运动并未被镇压下去，关沫南和关毓华、王忠生秘密组织了"哈尔滨马克思主义学习小组"，又在报刊上掀起了革命的《大北风》……

关沫南又成为一根火柴，因为他就是这《大北风》中最活跃的人物，让来自苏联的大北风刮得越来越猛。

1938 年春天，关沫南出版了《蹉跎》，他以白描的手法和讽刺的笔调，无情地揭露封建余孽和反映贫苦知识分子不幸的遭遇。《蹉跎》为关沫南在东北沦陷期创作生涯竖起第一个里程碑。这个碑，还在于他对当时奴化文学及鸳鸯蝴蝶派的作品进行了抨击。

别看关沫南从外貌上看像个书呆子，其实他是一位沉稳而不露声色睿智的学者和作家，在他心里永远燃烧着一团永不熄灭的火焰……

更难得的是，他还有一个博大的胸怀，因为他有度量。度量是高贵的品质，因此受人尊敬而显得高尚，而高尚也必须要有度量。

关沫南的度量，是有尺度的，对违反祖国和人民意愿的事情，他决不会宽容。如他在东北沦陷区创作的《沙地之秋》和《落雾时节》，反映了东北青年在日寇铁蹄下不堪沉沦。他积极从事反满抗日文化活动的斗争，引起了敌人的注意。

1941 年 12 月 13 日，是一个漆黑而又寒冷的深夜，敌人嘭嘭敲开了关沫南的家门，同时也分别把他的文坛战友秘密逮捕入狱，这就是当年轰动一时的"哈尔滨左翼文学事件"。

但，阴森森的牢狱，关不住关沫南爱国抗日的斗志，沉重的镣铐，锁不住关沫南要走的革命文学之路。使他没有想到的是，白色恐怖下的监狱，竟然也是一个难得的学校，在这里他结识了被关押的许多抗日联军和游击队的战士,听他们讲了许多抗日可歌可泣的英雄故事,从中受到了爱国主义的教育。

由于关沫南守口如瓶,敌人查不到他和共产党组织的关系,1944年10月,只判了他五年"监外执行"而假释。

1945年8月15日,日本侵略者无条件投降后,他对在监狱里的斗争生活总也忘不掉,正如他自己所说:"我的创作有些都来自回忆。"所以,当五星红旗在天安门前飘起以后,他写了许多抗日题材的作品。

关沫南写抗联与游击队抗日斗争的作品,是他在东北沦陷期文学创作爱国主义思想延续与发展,在他的《雾暗霞明》《险境》《一面坡》等作品中,冯仲云、赵尚志等抗联将领的光辉形象皆在他的笔端出现。特别是他作为一个少数民族作家写少数民族抗日的作品,堪为一绝!如《伏在马背上的人》讴歌朝鲜民族抗日的英雄,《冰上》颂扬朝鲜民族一位平凡却又并不平凡的大嫂,抱着从敌人夺来的枪支跳进冰窟窿,还有《海兰江》中朝鲜族英勇无畏的游击队员江川,无论从民族风情到人物个性描写,都非常精彩,有的读者还以为关沫南不是满族,是朝鲜族呢!

关沫南是一位了不起的作家,为什么?从他的作品都可以找到答案。

他写的每篇抗日作品,都是弘扬爱国主义精神;

他写的每篇抗日作品,都是谴责战争制造罪恶;

他写的每篇抗日作品,都是渴望和平带来欢乐;

这就是关沫南作品中,展示出来的高尚情操与品格!

就连日本著名作家森村诚一也佩服,他在所写的震惊世界揭露日军731部队罪行的《恶魔的饱食》第三部第三卷第二章"平房的落日"中第39页至42页还专门介绍了关沫南的简历和他抗日斗争的历史。这是在森村诚一所有的作品中称赞的第一位中国抗日作家。

最后，我还要重复艾青那首诗，人们就会感到：

他无愧是一支蜡烛，他的写作生涯和他的生命在一起燃烧的时候，他的著作就会给人带来一片光明。

他无愧是一根火柴，每当祖国命运与自己生命紧密相连的关键时刻，他的智慧与愿望，就会有一次闪烁！

此文尾声，我想附上几句心里话。

缅怀抗日作家关沫南，我是流着眼泪写成的。因为，至今尚有许多人不知道我和关沫南的情结。

这个情结不知是巧合，还是缘分？

一、关沫南和我的祖籍同是吉林省永吉县小兰屯；

二、关沫南和我同是满族八旗子弟的后代；

三、关沫南和我同是 11 月 14 日出生，只不过他年长我九岁。

更巧的是：我所以能走上文学这条路，他又是我的引路人。

1946 年，我还是个学生，那时他是哈尔滨中苏友好协会的文学科长，并主持东北作家联盟工作。我就是在这里参加活动与他相识的。后来他在《东北日报》当编辑的时候，我在副刊上发表第一首诗《日出》……我与关沫南从相识到相交，一直到 2003 年他逝世，已有四十八年的历史。

关沫南既是我满族的兄长，又是我的老师和挚友，后来又在一起工作是我的领导，我们互相坦诚，无话不谈。所以，当他想要写在监狱听到的抗日故事时，对我说："我很多作品都来自我的记忆。"并对我讲了《冰上》中朝鲜大嫂的故事……这个故事在我心灵里播下了爱国的种子。我对他说："我想把故事写成叙事诗。"他鼓励说："故事是我听来的，我又把它讲给你，你也是听来的，不管用什么形式写,只要是歌颂爱国主义精神的作品,都是我们义不容辞的责任,写吧!"于是,我写了《星星之火》,发表在他当时任黑龙江省文联副主席时所主持的刊物《北方文学》上。我把它作为这集子的头题,并以此为书名,也是我对关沫南同志的一种感恩与缅怀吧!

2015 年 8 月 15 日

为了和平

将军桥

兴安岭，
天样高，
终年云呀雾啊漫山腰。
山腰上，
有座桥，
直通天安门前长安道。

桥下水，
浪滔滔，笑赞桥。
将军桥，
抗联造，
鄂伦春人永世忘不了。

鄂家苦，
满山跑，
口口苦水吐出苦歌调。
一支歌，
泪一瓢，
歌多泪珠成河浪滔滔。

河对面，

有鹿跳，

欲想过河猎鹿又无桥。

那一年，

红旗飘，

兆麟将军来了修座桥。

鄂家乐，

跳三宵，

鹿肉水酒香气满岭飘。

将军走，

留不了，

腾云踏雾救国志气豪。

鬼子来，

杀鄂胞，

桥边松涛呜咽水哀号……

将军啊，

快回来，

兴安岭默默地流泪了。

又一年，

风呼哨，

红旗飘飘万里卷松涛。

日本兵，

魂出窍，

连滚带爬如鼠窜过桥。

过了桥，

心还跳，

生怕抗联追来命难保。

点把火，

火焰高，

焚化桥梁森林也燃烧……

撮罗子，

被烧掉，

烈火熊熊额烂皮肉焦。

将军啊，

飞马到，

翻身下马挥手树伐倒。

将军手

磨成泡，

霎时悬起一座红松桥。

桥筑牢，

人马跑，

钻进烟火里去救鄂胞……

红旗飘，

穿九霄，

如同一轮红日高空照。

鬼子兵，

来围剿，

冲锋九十九次难靠桥。

敌机飞，
风怒号，
万弹轰桥雷声直咆哮。
炸弹炸，
烈火烧，
一夜过去又筑一座桥。

将军啊，
从新桥，
给党中央送走了捷报。
鄂家人，
从新桥，
吹鹿哨引珍宝来慰劳……

将军啊，
又要走，
为了全面抗战别鄂胞。
将军走，
鬼子来，
生怕桥下藏着抗联哨。

迈一步，
心一跳，
敌人慌神失脚掉下桥。
摔破头，

跌断脚，
敌人暴跳要拆这座桥。

天黑了，
夜深了，
鄂胞猎手毛路知道了。
猎手啊，
箭法好，
不靠英雄虎胆凭智巧。

蹑悄悄，
摸上桥，
将军桥上楔子都拔掉。
天亮了，
人声吵，
鬼子官先走上将军桥。

脚一踩，
板一翘，
鬼子官掉溅起浪花高。
淹死官，
兵砸倒，
吓得敌人抱头拼命逃……

兴安岭，
天样高，
再高没有将军桥名高。

公社车，

哞哞叫，

载着幸福生活桥上跑……

1959 年 7 月 20 日

无名碑

小兴安岭下有一棵青松，
松树下安息一位不知名的英雄，
虽在无人知道他的姓名，
却流传他是抗日联军普通一兵。

当年他在灌木丛中出没，
曾被日本鬼子尾随追踪；
八颗手榴弹加上一颗心，
杀退过五十个敌人七次围攻。

当敌人第八次从八面扑来，
他把最后一颗手榴弹揣在怀中，
敌人抓他像触动一颗炸弹，
只炸得敌人血尸纷纷滚下山岭。

他一生只渡过二十六个寒冬，
那正是青年上大学的年龄，
虽然生前他是母亲所生的孩子，
成长却是蒙受了共产党的恩情。

他多喜欢百花盛开的山岭，
他更喜欢冬夏常青的松树林，
他多热爱自己出生的村庄，
他更热爱村庄里无数的乡亲……

战友们依照他生前的喜爱，
把他葬在岭下，用松树来做追悼祭文，
不知有多少起风暴的日子，
暴风雨冲掉了他坟前纪念碑上的字痕。

岭上的花开了又落，落了又开，
岭下的草青了又黄，黄了又青，
我们的英雄虽然已经安息了很久很久，
但，英雄的事业却像永不凋落的青松。

如今英雄头上飘扬五星红旗，
英雄脚下无数车轮在公路上滚动，
英雄身边来往喧闹的人群，
英雄耳旁响着祖国跃进的脚步声……

他生前战斗过的密密森林，
电锯歌声激励伐木者的心，
一棵棵大树落地的响声，
像当年手榴弹轰鸣的余音……

当年被炮弹打成的深坑，
早已被万紫千红的鲜花填平，

当年的云雾被马蹄踏破，
那是护林的骑兵在荷枪巡行。

英雄生前热爱的村庄，
公社的拖拉机追赶着春风，
土地犁得比海洋还美，
这正是英雄当年甜蜜的梦境。

远方的客人啊，当你从这儿路过，
请不要忘记谒拜这位不知名的英雄，
如果没有抗日救国的烈士，
蓝天下，怎会有这样的美景⋯⋯

1959 年 7 月 27 日

三月雪

三月雪落又融化，
橘树逢春又开花，
抗联老妈妈的故事啊，
永远流传白山下。

那年山上落雪花，
村庄走出老妈妈，
挎着一筐咸鸭蛋，
一双棉鞋肩上搭。

拐弯抹角绕路走，
北风吹散白头发，
遇见鬼子放哨兵，
任他搜呀凭他查。

"俺要去住闺女家，
棉鞋送给女婿他……"
说话偷眼望山根，
几只人影林中爬。

鬼子要没收咸鸭蛋，
她连哭带闹不让拿；
可妈妈心却暗高兴，
掩护送粮人进山啦！

小河结冰路上滑，
她走几步就跌一下，
为了抗日闹革命，
再跌几下不算啥。

天上一轮月当空，
无数星辰捧着它；
地下一位老妈妈，
抗联战士围着她。

妈妈点火烧战饭，
一锅喷香的苞米糙，
战士饱餐下了山，
如剑猛把敌心插。

日本鬼子追进山，
只见红旗晃一下，
轰隆一下山崩塌，
雪葬敌人陷阱崖。※

敌人发疯增兵马，
封锁雪山紧搜查；

妈妈掩护突重围，
扫雪消迹被敌抓。

枪和刺刀逼口供：
"抗联跑到哪去啦？"
皮带抽呀枪撞打，
抽落白发打掉牙。

老妈妈说话了：
"你问红军吗？
他们都在我心里，
你们抓不着他……"

鬼子活把肺气炸，
扒去她的棉衣和鞋袜，
逼她带路雪中走，
她抱住敌人滚落白山下……

※：陷阱，是当年抗联用来捉野兽和打击敌人的一种武器。

原载《长春》杂志 1959 年 9 月号

赵一曼

在生与死交锋的时刻
何惧血光飞溅的险恶

无畏敌人酷刑的折磨
孩子，不能没有祖国

热血染红母亲的本色
用生命谱写育儿品德

她虽然倒在淋漓血泊
不倒正气却气壮山河

1959 年 7 月 3 日

深山密营

早晨和朝阳一起上山，
归来时天色已经漆黑，
猎人领我们去过夜，
一间小屋又低又矮。

小屋旁，流着一股清泉水，
清泉边，开着一丛红玫瑰，
玫瑰丛，长着一棵白桦树，
树干上，刻着共产党万岁！

我们虽然又困又累，
却都不肯合眼安睡，
听猎人讲，这是深山密营，
当年抗联将领曾在这聚会。

就在这间小屋里，
刀影夺过明月的光辉，
就在这座密营里，
战歌卷过松涛千里飞……

这多么令人难以想象，
一间小屋几根木头堆，
谁知它却藏过千军万马，
曾吓得日寇胆战魂飞……

原载《长春》杂志 1959 年 9 月号

阿　聂※

阵阵风儿吹过山巅，
树海翻滚绿色波澜，
一位鄂伦春的阿聂，
背着孩子游动林边。

脚下金山翠柏映河水，
头上绿树叶海连青天，
尽管孩子哇哇在哭闹，
也搅不乱她警戒视线。

嘴里轻轻地哼着民歌，
孩子悄悄被母爱催眠，
站在一条入山的小道，
检查来往人群的证件。

来往林边的同志们啊，
你千万不要把她小看，
左手伸张是那样艰难，
这并不是她天生缺陷。

为了掩护抗联战士，
手被日寇子弹打穿，
还用右手迷惑敌人，
保全秘密交通战线。

如今背孩子在岗位，
让他从小养成习惯，
等长大成人那一天，
来接鄂家爱国的班。

阵阵风儿吹过山巅，
树海翻滚绿色波澜，
一位鄂伦春的阿聂，
背着孩子流动林边……

※鄂伦春语：母亲。

原载《处女地》1956 年 10 月号杂志

松

一位抗联哨兵，发现敌人偷袭，与其交锋弹尽不屈，至死身靠松树屹立，头顶暗号向连队报警……

是战士还是一棵松，
永不依靠大山避风。

傲对漫天暴雪寒冰，
冻僵山水难冻豪情。

活着似松岿然不动，
从不畏惧风雨雷霆。

生为千山染尽春色，
死为万户雕梁画栋。

1958 年 12 月 8 日

心　碑

英雄走了灵魂没走
没走灵魂成为墓碑

碑上名字就是军威
军威为抗日而增辉

生前不求尽善尽美
死后只求问心无愧

烈士心愿也是丰碑
这碑永存人民心扉

2001 年 8 月 14 日

拥　抱

山林敞胸来拥抱我
我也拥抱生活快乐

拥抱蝉在花从欢鸣
拥抱鸟在逐春高歌

拥抱霜打枫叶似火
拥抱雪飞天滚银河

我在地上陶醉拥抱
烈士地下拥抱祖国

2001 年 8 月 19 日

烈士陵园

谒拜抗日烈士陵园，
心头滚过炮火硝烟。

冲锋号响震撼山川，
血雨腥风南征北战。

鲜血染红游击队旗，
胜利又来塞外戍边。

谁说他们已离开人间，
不！还活在蓝天下面……

2001 年 8 月 23 日

守 护

——给守护烈士陵园抗联老兵

一间小屋花草为邻
窗挂日月门飘彩云

心魂寄托寂静陵园
夜听树海叶摇涛音

清晨百鸟飞来做伴
追忆战友赤胆忠心

守护何止一片碑文
那是共和国的骄傲

2001 年 8 月 29 日

山　花

来自深邃万壑千山
记忆几番将人呼唤

花绽象征一种爱恋
凋落犹如一次奉献

生命虽然如此短暂
悲壮却又那样坦然

想到抗日联军烈士
岁岁都有山花相伴

1957 年 7 月 17 日

露　珠

一滴露珠不足挂齿
生死都为花草繁殖

勇士为抗日而战死
鲜血写成壮烈史诗

诗名是不朽的意志
创造珍爱和平价值

难得高尚爱的品质
留给后人暮想朝思

1958 年 6 月 16 日

草与界碑

——写在当年抗日联军出没的地方

立足流蜜泛金的土地,
庄严守护祖国的边陲。

草托花蕾溶进太阳光辉,
把荒凉赶出了千山万水。

任凭风暴怎样施淫威,
蝶舞蜂飞把欢乐追随。

音乐和色彩在这里迂回,
怎能不令敌人望而生畏。

草与界碑,国魄军威——
永远不容跨越的堡垒。

原载《人民日报》1981 年 8 月 15 日副刊

梨树情

是梨花似雪在树上挂,
还是雪落枝头像梨花?

啊,他抖动满头鹤发,
青山是他把军服脱下。

结束大半生戎马生涯,
却没结束精神在奋发。

不忘冰峰抗日雪煮茶,
流血将家乡愁苦溶化。

花瓣随风轻轻地飘洒,
梨裹蜜汁压弯了枝丫。

千树溢彩淌蜜的浪花,
可是他对祖国的报答?

1984 年 9 月 26 日

北疆猎影

泉在云中流啊云在泉里飞，
将军走一步啊回首望山背。

山在云泉中飞红滴翠，
诗一般动情画一样美！

小路脚印记载战士的忠诚，
日行百里半步没离过边陲。

战士歌唱能和鸟答对，
山驮英姿荷枪壮军威。

大山最了解战士问心无愧，
闪光理想与四季花草伴随。

把心压入枪膛化作雷，
为幸福从未挂枪安睡。

将青春献给祖国青山绿水
他又回忆到抗日当兵年岁

原载《北方文学》1982 年 1 月号

边防线上

船把一江银绸裁开,
政委查哨水上归来……

雷声隆隆滚过山崖,
暴雨把他留在村寨;
站在一家茅屋窗外,
吱呀一声两扇门开。

一双笑眼含情脉脉,
使他又回到遥远的年代……

大娘一把将他拉进屋内
顿觉一阵春风扑进胸怀
寒冷被热情给驱散,
将暴风雨关在门外。

啊,蜿蜒的边防线,
后盾是人民的热爱……

原载《北方文学》1982 年 1 月号

战士的心声

母亲疼我,爱我,养育我,
又流着喜泪把我送进哨所。

祖国疼我,爱我,信赖我,
笑将万里江山全都交给我。

作为一个边防战士的我啊,
怎能在沉默中把青春度过?

并不幻想把名字载入史册,
只想不让祖国的英名辱没。

情愿站在烈士倒下的山坡,
让艰苦生活陶冶我的魂魄。

与风雪和寂寞轮番来拼搏,
两道目光化为擒敌的绳索……

原载《解放军文艺》1984 年 11 月号

鹿　哨

南风吹得春花笑，
细雨淋得青山娇，
阿尔大玛※隐身树林后
吹着鹿哨学鹿叫……

鹿哨声有一个难忘的故事，
把他带到几十年前的山道，
在那里他会过李兆麟将军，
打日寇他当过抗联的向导。

绿柳如烟青纱帐罩，
他趴在草丛里吹鹿哨，
扫荡的日寇进了山，
鹿哨声声将敌情汇报。

鹿哨像对敌人宣判死刑，
将军挥手扬起钢铁风暴，
使成群披着人皮的野兽，
一个也没从枪口下跑掉。

如今鹿哨引来鹿叫，
一轮新月笑弯了腰，
为祖国引来满山的财宝，
梅花鹿群都来鄂家报到……

※阿尔大玛：鄂伦春语老大爷。

原载《解放军文艺》1965 年 6 月号

树海红花

树海松涛轻摇红花舞，
歌声回荡九曲盘山路。

县委书记在花丛宣布，
新鄂大队成立党支部；
呼玛大婶望脸好面熟，
往事又从记忆中涌出：

侵略者闯进森林杀戮，
烈焰焚毁座座仙人柱。

抗日联军钻进火网阵，
为救鄂胞像雄狮猛扑；
一个战士负伤刚倒下，
林边传来婴儿的啼哭！

哭声激起对婴儿怜爱，
哭声引起对敌人愤怒。

战士忽倏站起来肉搏，

用肉体将婴儿给护住；
她为这战士擦血裹伤，
她为这伤员熬过虎骨。

战士伤好又去赶队伍，
人虽走了心却被留住。

欢喜得眼被泪花模糊，
散会一把将书记拉住；
书记认出当年的笑脸，
惊喜追问婴儿在何处？

呼玛大婶手指花丛笑，
啊，鄂家第一任党支书……

原载《长春》1959 年 9 月号

谒拜聂耳墓

披着
塞北的风雪
　　沿着
　　山路石砌的台阶
走进
一片青枝绿叶
　　虔诚
　　来把聂耳墓拜谒……

聂耳
蔑视侵略者暴虐
　　悲愤
　　谱成激昂的音阶
振奋
中华民族的气节
　　唱沸
　　亿万人的热血……

今天

你已在山林中安歇
　　国歌
　　并没离开祖国的行列
从北京
飞遍了整个世界
　　国威
　　是你永恒的慰藉……

1984 年 6 月 30 日

啊，奔马[※]

禁锢封锁
难阻对光明的求索
　　渴望太久
　　似火喷出心窝
飞扬长鬃
扬起千山惊愕
　　一声长啸
　　震动长江黄河……

凛冽的风
激昂的歌
　　深沉的情感
　　流出保姆大堰河
雷般蹄声
撕碎日寇的炮火
　　穿过风雨
　　踏破曲折与坎坷……

越过悲愤
与死亡的沙漠

迎来欢乐
　与生命的绿波
蹉跎岁月
被爱融合
　啊,奔马
　一个爱国者的魂魄……

1985 年 4 月 27 日

※1985 年 4 月 27 日我和中国作协创联部关木琴、吴桂凤同志一起到艾青同志家做客,临走时,高瑛同志拿出一个黑色陶瓷奔马,说:"这是艾青送给你的礼物。"啊,奔马,踏出我心灵的火花。

日本遗孤

山崎朋子万里访孤

　　山崎朋子兴冲冲地从日本东京到中国哈尔滨来了。

　　翻开日历,这天是 1984 年 7 月 12 日。可惜天不作美,从早晨就开始下雨,雾雨蒙蒙一直不停……

　　雨也没有浇灭山崎朋子执意欲去阿城平山去采访日本遗孤的雅兴。

　　人们望着她,一绺长长的乌发,被雨水一淋,似从左肩垂到胸前一道轻滚细浪的瀑布,谁也看不出她已经是年过五旬的人了,更使人想不到她就是曾经撰写慰安妇和轰动整个日本的《山打根八号妓院》,后改编为电影《望乡》的日本著名女作家山崎朋子。

　　令人尊敬的山崎朋子已经是第三次来中国了。

　　这次来华的主要目的是采访在第二次世界大战时,在中国遗留下来的日本孤儿。

　　山崎朋子来中国之前,早已了解日本军国主义的凶狠与残暴,骇人听闻,在其战败后撤退时,又把沾满血腥的双手,伸向日本自己的同胞骨肉……

　　随着时光的流逝,被遗留在中国的日本孤儿的生活状况,逐渐成为牵动日本社会,被千家万户所关注的亲情大事了。

　　山崎朋子也从历史上的各国报刊方面获悉,日本军国主义分子没有人性,战败后只顾自己逃命,嫌带日本侨民是个累赘,有的给食物里放入毒药,吃后被毒死。有的没有在食物放毒药,而是把他们集中在一起,明为设宴欢聚,暗地在屋底埋下定时炸弹或重型炸药,趁妇女和儿童沉浸在一片欢乐的时刻,被炸得血肉横飞……一些因为有各种不同因素而逃过死劫的,却都是成千上万可怜无助的日本孤儿。

但,中国人民善良,虽然有的人曾经目睹过日本兵用刺刀挑死过中国儿童……而中国人都认为日本儿童与战争无关,他们是无罪的。

山崎朋子也知道中国农村的农民都受过被日本侵略者的剥削与压迫,许多人家都非常贫困,可他们却把这些无辜而又可怜的日本遗孤,一个个抱回家,含辛茹苦,像对自己亲生的儿女一样,供他们读书,把他们养育长大成人。

这些日本遗孤,有的不知道自己真正的姓氏,也不知道亲生父母在日本什么地方? 是否还活在人世间? 可他们都知道自己有两个家,一个家在日本,一个家在中国。

这些日本遗孤,也知道自己有两个父母,一个是生身的日本父母,一个是养育的中国父母。归根结底,养育他们长大成人的都是中国的父母,而且把他们视为掌上明珠,他们并把这种恩情,珍惜为一生中最大的幸福!

山崎朋子常想,日本残留在国外的孤儿既已引起日本社会广泛的关注,然而对中国父母是怎样把日本遗孤从死亡中救活,又是怎样在艰难困苦中把日本遗孤养育成人的,日本舆论报道甚少,于是她来华着重采访日本孤儿在中国生活的经历,撰文在日本报刊上发表。

今天的目标就是阿城平山,访问日本遗孤张桂珍(石丸美智子)。

山崎朋子冒雨乘车来到平山乡,已是北京时间中午十一点半。雨越下越大,平山乡长和公社主任顶雨赶来邀请她先到公社食堂进餐。主人是好客的,这顿午餐很丰盛,山野风味摆满了一桌,酒杯里刚刚斟满了山葡萄酒,杯还没沾唇边,她的心就被友谊陶醉了!

谁也没想到,她不仅是个作家,还是一位美食家。

桌上每一道菜,她都喜欢品尝,不时还向主人询问菜名和烹饪方法。有一盘熏肉,不仅色泽新鲜而且肉烂,味道也特别鲜美,她原以为是熏鸡,后来才知道那是公社自己无公害饲养的兔子肉,她一边细品,一边赞不绝口。

不知是因为兴奋,还是多饮了一杯酒,她仿佛有些微醉了。怎能不使她心醉呢?日本孤儿就是在这样热情好客和诚挚待人的平山乡这块土地上被抚育长大成人的啊!

张桂珍一家人像过节一样,都穿着新衣服,她和儿子、儿媳妇、女儿都打着雨伞,手里拿着从山上采来的花束,跑出屋里来欢迎山崎朋子……

这是多么激动人心的场面啊!

张桂珍像见到久别重逢的亲人一样,情不自禁地和山崎朋子紧紧拥抱在一起,怎么也控制不住感情,脸贴着脸哭了,此刻,已分不清是雨水,还是泪水从脸庞上淌下来……

怎么能使张桂珍不激动呢?

采访使张桂珍又陷入痛苦的回忆之中……

她五岁的时候,跟随父母从日本来到中国阿城的一个开拓团。她永远也忘不了,1945年8月17日那天黑暗的夜晚,日本满洲丰村开拓团把一百四十三名日军家属全部接到团部,不是节日,却彻夜灯火通明,妇女和儿童围坐在丰盛的酒筵桌旁,吃着、喝着、跳着、唱着……她和妈妈、姐姐及弟弟也在这群人中,谁也不知道,就在爸爸石丸正吉上前线去了几个月后,日本天皇签署了投降诏书,沦陷十四年的中国东北人民,从此结束了深重的苦难生活。他们谁也想不到伴着嬉笑声,死亡的阴影正向他们袭来……

夜渐渐地深了,天越来越黑暗,都喝得醉了,跳得累了,石丸美智子(张桂珍)刚挣脱妈妈跑出去玩,忽然一声惊天动地的巨响,瓦砾横飞,日军埋在这屋里的两颗大地雷,将一百多名日本妇女和儿童全部埋在了被炸塌的屋下——这是为了免去归国途中的麻烦,凶狠残忍的开拓团长一手策划和导演的所谓"集体自杀"的悲剧。

在这血淋淋的惨案发生后第七天,平山一位淳朴的农民张松耀从这里经过,发现从残墙断壁的血泊中钻出一个衣衫褴褛的日本小女孩,过去摸摸她的头滚烫滚烫。于是,他轻轻抱起这个奄奄一息的孩子,用背筐把她背回清贫如洗的家里……

老伴黄秀芝想法从邻居借来点小米,用小米汤轻轻洗掉凝固在孩子身上的血块。没有钱买药,用猪苦胆和香油为她涂抹伤口治烧伤,又拿出仅有一点的积蓄,让丈夫张松耀跑到八里外买回小米,用茶缸熬成粥,一勺一勺地喂,终于救活了她……这对普通中国农民夫妇,成了她永生难忘的救命恩人,也是她的养育父母。

养父病故,养母靠给人家喂猪供她读书,用汗水和爱心把她抚养成人。

她为了报恩,和养母的儿子张志结了婚,没想到在幸福生活中也潜伏着不幸,丈夫又抛下一儿一女,被病魔夺去了生命。

当她从乡亲们的谈话中,了解到自己身世后,舍不得离开孤儿寡母,一直不肯改嫁,从二十四岁就开始一个人挑起全家生活的重担。

她做梦也没想到,1988年的冬天,失散多年的亲生父亲石丸正吉从日本写信来认女儿石丸美智子!

她流泪读着生父的来信,心潮起伏……

养母劝她:"回日本去看看老人吧!"

同年 12 月 12 日她回到故乡日本山梨县,在仁生园(类似中国的敬老院)终于和生离三十八年的亲人团聚了。但,老人已经瘫痪在床,生活不能自理了。日本的亲属都劝她留下来,可她向生父讲述了养母抚养她的艰苦经历及决心终身留在中国照顾七十多岁养母的愿望……

在日本山梨县境,竖立着一块石碑,上面密密麻麻刻着在中国阿城死难者的姓名,其中就有张桂珍的名字——石丸美智子。她是怎样激动地亲手除掉了她被刻在死难者碑的名字……这不正是她庄严地向全世界宣布,她是那场战争灾难中唯一的幸存者吗?

当张桂珍离开日本时,在东京机场上,遇到了女作家山崎朋子并对她说:"明年我要到中国去你家访问。"

如今,山崎朋子不是真的来了吗?

山崎朋子向石丸美智子的养母一再表示:"我代表日本人民感谢您,您在最艰难困苦的生活中救活并养育了一个日本孤儿。"

她哪里是到中国来采访啊,分明是到中国来探亲,因为她的心连着日本在华孤儿的心,日本孤儿对她又是那样亲热,从中她也了解到,日本遗孤有爱也有恨!爱和平生活,恨战争给人类带来灾难!他们希望永远不要再有战争,和平就不会再有遗孤的儿童。

山崎朋子深深感到,日本遗孤人生的感悟,是一部史书。他们说得那么好:"有战争就会有痛苦,有和平才会有幸福!"

她和张桂珍推心置腹地交谈:"你不想回日本吗?"

张桂珍毫不掩饰地说:"现在不行,假如养母不在了,我想回日本。"

山崎朋子却意味深长地说:"我若是老了,在中国生活有多好!"并说:"平山这个地方有山有水,风景多优美。"

山崎朋子这番话像一把火,点燃了张桂珍心灵的火花,更加深了对养育自己的中国农村无限眷恋的感情。

山崎朋子不是正想用这种感情来写一篇报告文学——日本遗孤在中国，来歌颂中日两国人民深厚的友谊吗？

　　一晃三十一年过去了！日本在华的遗孤，都在默默祈祷山崎朋子健康长寿，为了中日两国友谊交流，欢迎她再来中国访问，当年她所采访过的日本遗孤，男的都当上了爷爷和姥爷，女的也成为奶奶和姥姥了，一家三代其乐融融，幸福着呢！

1984 年 7 月 21 日

慈母爱 元帅情

当年,日本侵华战争造成的一切仇与怨,随着岁月的流逝和中日两国人民友好往来的巨变,往事早已成为遥远的云烟。

唯有聂荣臻元帅从战火中保存下来的几张照片,却一直被中国人民当作一首值得纪念的友谊之歌珍藏在心间……

慈母爱

像梦幻一样的离奇,回忆又给人以启迪。

战士冒着飞卷弹雨,闯进炮火封锁的禁区,冲入熊熊燃烧的房子,从母亲流血的怀中救出一个日本孤女。元帅慷慨的赠予,从死里逃生的,孤女又得到爱的亲昵。

一晃,四十次花红柳绿,满头鹤发牵动情丝万缕,孤苦伶仃的日本孤女,虽然已经离去,但始终没有走出元帅的心里。

一回回梦中常相忆,小姑娘啊,你在哪里?

中国访日代表团一场春雨,终于浇开友谊的花朵,元帅把珍贵的礼物赠予——一张四十年前的照片,记载一个日本孤女童年的经历。啊,元帅情,慈母爱的延续,美穗子啊,使她更懂得如何把中日友谊珍惜……

童年的梦

中国的井径——是你心中的一颗星星。

那里有你童年的梦⋯⋯

梦里有父亲离别的愁容，

梦里有母亲爱你的深情，

梦里有妹妹痛苦的哭声，

梦里有许多难忘的中国农民、战士和元帅的面孔⋯⋯

啊，有什么能诉说感情，像你向往访问中国一样的赤诚，到井径来凭吊亲人的亡灵，重温四十年前童年的梦。

欢迎你啊美穗子，到中国井径，来看望你那心中的星星。星星会变成友好的眼睛。来时，千万别忘带朵樱花和日中一衣带水的友情！

啊，童年的梦。

元帅情

人在日本官琦，心已飞向中国的太行山区⋯⋯

太行山啊，翠绿翠绿，绿不过元帅那身军衣。

美穗子心头又荡起温馨的记忆，元帅那双含笑的眼里，流出来慈父般的情意；忘不掉，坐车怕你经不起颠簸，走路又心疼你弱小的身躯，藤篮用一根扁担挑起，似卧在摇篮一样欢喜。元帅怕你一路上饥渴，亲手放了一篮子甜蜜。蜜一样甜的元帅情啊，水灵灵的河北雪花梨，咬一口，嘎巴溜丢脆，嚼一口，满嘴流蜜。啊，四十年了，多想再尝尝雪花梨，该是别有一番滋味在心里⋯⋯

喜　蛋

离开日本,行程已经万里远。来到中国,一切都是那么新鲜,仿佛又回到了家园。

喜欢,使你忘却家乡的习惯,过生日总要吃一个喜蛋。怎么?进屋便闻到奶油蜜香溢满房间,喜蛋未尝,却甜透了心肝。

喜蛋,又把你引向逝去的童年,亲人的笑容和幼稚伙伴的祝愿。啊,异国友人美好的情感,洗去了旅途中一身疲倦。千言万语凝成了泪花一串,喜泪滴在喜蛋上似含露的花瓣。

中日友谊,胜似热烈的夏天,你把盛情和欢乐与喜蛋一齐品尝、嚼咽。在中国时刻都有新的发现……

岁月的辙痕,可以浓缩历史的悲欢,啊,喜蛋又给你留下多少思念……

给美穗子

美穗子啊,美穗子。

你虽然已是三个孩子的母亲,在元帅的面前,你依然是个孩子。

看见了吗?元帅八旬高龄,依旧像当年抖擞英姿,调动千军万马,只需挥动一下手指。

当年,为了救你,八路军出生入死,元帅从战士怀中抱起你,亲你,爱不忍释。

岁月消逝,磨不灭你的影子,思念啊,道出父亲般的仁慈。

如今,你成为中日友谊的信使,元帅高兴得抖动那满头鹤发银丝。你呀,在元帅面前,一切都不需要掩饰,语言不通,用目光交流感情,更真挚……

美穗子啊,美穗子。

小河在唱歌

小河在唱歌。

美穗子,笑着、乐着、说着……

仿佛又看到中国河北省那条熟悉的小河。怎么？话音未落,又润湿了眼窝？啊,心上又回响起历史的音波:

美穗子,哭着、喊着、闹着……

八路军战士哄着哼着一支歌。歌声啊,似河水一样地悠扬婉转,使她忘却是在炮火纷飞中度过。

美穗子,蹦着、跳着、唱着……

多么希望再看到母亲的笑脸啊,可是她再看不到了,日本侵略者罪恶的炮火,也夺去她母亲的生命,中国的河水如母奶为她解饥止渴。

美穗子,笑着、乐着、说着……

到中国还想看看这一条小河。小河啊,使她魂牵梦萦的小河在唱歌,唱出心头四十年的悲欢离合!

原载《冰凌花》1985 年 3 月号

爱的传递

他没有双臂

为祖国献出双臂，
他没落过一滴伤心的泪，
从前进的脚印里，
我发现了一颗心灵的美……

一

他，一个普通的战士，
刚从战场上回到塞北：
他，一个坚强的青年，
两只空袖一任风来吹．

他，已经没有了双臂，
双臂呢？去问南疆的山水，
为了祖国和母亲的笑声，
双臂把侵犯的炮火撕毁。

他，又回到了故乡，
看见思念中的青山绿水，

似梦,像诗,如画,
祖国还像离家时一样美。

面对父老兄弟问心无愧,
想起二十四次大雁南飞;
从边防回故乡投身于建设,
志趣听从祖国的需要指挥。

曾用双手攀登过铁塔,
输电线牵彩霞万里飞;
为投产每一套设备送电,
像海燕一样去搏击风雷。

从书本里学到的知识啊,
还有待通过实践验证和发挥:
如今连生活都不能自理了,
空有满怀壮志无臂难描绘,

二

姑娘的理想花一样的美,
为战士捧出洗尘酒一杯;
她想,他能为祖国献出双臂,
难道我就不能帮他鞠躬尽瘁。

贴心知情莫如亲爱的党,

书记说，英雄立功奖章为媒；
谁不夸，姑娘行为尤可贵，
为战士送去了一双臂……

从此，他迈开前进的腿，
每一步都听从党的指挥，
爱情给他失落的一切，
夫妻如鸳鸯形影相随。

什么能够述说心中欢乐，
回乡又重返战斗的岗位，
披着雪花逆着寒风上路，
一路冰霜步履把艰难踏碎！

不再为没有双臂而苦闷，
权把空袖当做金鞭教诲，
在生命的征途上激励自己，
骏马飞奔还需要加鞭猛催。

三

他不为得到爱情迷醉，
发誓要用劳动创造美：
顽强踏上铁人创业的路，
消息好像春风阵阵吹……

爱人心疼他走路太劳累，
买台自行车天天将他推；
汗雨落地敲得他心疼，
催妻子要把骑车学会。

朝送暮接任那雨打风吹，
春夏秋冬从未间断一回：
为在油田下面找油田啊'，
恨不能让祖国展翅高飞，

风传话，午饭我来喂，
这本是母亲对幼儿的语汇，
她却深情地说给爱人听，
博得多少人的羡慕和敬佩……

四

谁见过这样的生活习惯？
怕给同志和亲人添累赘，
定量吃喝为了控制排泄，
口渴也不肯多饮一滴水。

感动同志不知落了多少泪，
每时每刻从未离开他的周围，
无论是开会还是检查线路，
都有人为他擦汗和倒水……

好心的朋友劝他改行，
电太危险，你已没有双臂；
不！电连着人民的幸福生活，
怎么能够被困难所吓退？

他呀，一生最爱电，
一谈起电来最欣慰，
电是实现宏伟规划的动力，
电是促进工业发展的宝贝！

电，推动轮船走海外，
电，拉着时代列车飞，
电，实现父辈的理想啊，
电，描绘祖国江山美！

五

他的思绪像长了翅膀，
在祖国长城内外翻飞；
他的感情似大海波涛，
随风帆在涛声中流汇！

他想起一个英雄的故事，
如今又把这个故事回味；
抗日烽火烧红了北疆土，

一个战士被抓进宪兵队。

一张白纸生死两条道路，
却被他愤怒地撕个粉碎；
当敌人宣判他走向刑场，
他将遗言塞进战友手内。

战友借着射进铁窗的微光，
啊，这遗言是他最后一次党费；
党费——为党的事业献出生命，
教育人把对革命的忠诚学会。

不是吗？父辈随军南下，
进军炮声震塌一个旧社会，
如今啊，胜利后诞生的油田，
井架排排，万座油塔巍巍。

谁敢说他没有双手？
电厂烟囱正是他的双臂，
夜晚捧出满天繁星，
清晨牵扯出金龙滚飞。

六

金色朝阳照窗内，
屋里正开党委会，

他呀,一个大胆的设想——
像铁锤把陈规旧律砸碎。

把车间燃料油泵房改建,
成为自动化无人操作的岗位!
啊,一言出口驷马难追,
书记派他当上攻关指挥.

好啊,攻关的指挥,
万里油海装在红心内,
为祖国节约抢进度,
精力充沛翻遍废铁堆。

为了战胜失臂的残废,
他专门和困难去作对,
决心拿笔重新练习写字,
没有手,还有一张嘴。

笔被一根又一根咬断,
困难被一个又一个嚼碎,
学会了为工人签发工票,
又将供电资料搜集编汇……

他想:改造何止是个油泵房,
是创造幸福留给子孙后辈,
为了实现四个现代化啊,

每个人都迫切需要智慧!

七

为把科学技术传给战友,
没有手,他用热情的嘴,
妻子帮他拟定讲课提纲,
用舌头翻书把资料查对。

为了提高教学的效果啊,
他又设计一个特制的头盔,
头上焊上一根一米的铁丝,
当教鞭示意啥是可控硅?

看,教鞭跳动得那样轻捷,
教师讲解是那样深邃;
石油是四个现代化的碧血,
这碧血就储藏在油田井内。

咱这油泵为油海推波助澜,
遇难关是因为规律没摸对,
条件变了机械没改进,
汗雨淋淋费劲白挨累!

啊,画龙点睛几句话,
效率一下提高十几倍,

啊,报捷鼓破锣敲碎,
车间里涌进来祝捷队。

众人拉啊,掌声催,
他又被人笑相推:
"不！成绩应该归于党,
咱,出一点力量是分内……"

八

年轻的朋友,他没有双臂,
困难不知要比别人多几倍,
可他天天被欢乐包围,
唤起人们对美的思维。

幸福花开不是在土里扎根,
而在心灵用滴滴汗水育培;
从忙累中寻找人生的乐趣,
为明天的生活过得更甜美。

把工会送来的沙发退回,
将料理生活的亲人辞退,
多么好,妻子是他的左膀右臂,
而他却常常夜里沉思难入睡。

为了不把宝贵光阴浪费,

想着怎样用电造福人类；
可我们有手的人在想什么呢？
为什么总埋怨工作又苦又累。

争奖金，闹工资，要地位，
总把那丑恶的东西当俊美，
在这位没有双臂人的面前，
难道不感到自私多么羞愧？

原载《萌芽》1982 年第四期

她失去双腿※

——最美女教师张丽莉

序　曲

都夸桂林山水美多娇
岂知龙江山水美惊艳
山水之美源于大自然
人性之爱来自心向善
善良塑造大美的灵魂
道德诠释大爱的内涵
爱与美凝成时代的新风貌
风貌又彰显最美的风景线

救人壮举

张丽莉是平凡一个名字
属于普普通通一名教师
如今显赫大美一种境界
大爱又竖起来一面旗帜

舍身救人用手一推瞬间
血肉之躯成为一代骄子
高尚情操影响一个国家
为爱与美留下一首颂诗

丽莉大手牵着孩子小手
牵出一串笑声叽叽嘎嘎
刚刚走出学校大门过路
像往常一样送学生回家
突然一辆大车飞驰奔来
犹如一块巨石滚下山崖
阴阳界离人只有一步近
生命与死亡只在一刹那

像董存瑞托举炸药英勇壮烈
像刘胡兰蔑视死亡气贯长虹
像黄继光挺胸堵死罪恶枪眼
像邱少云火焚为胜利而献身
像雷锋助人为乐而笑傲人生
像刘英俊挡惊马保护老百姓
张丽莉舍身勇敢用手一推
一推推出震撼地动与天惊

一推推出无私忘我
一推推出高尚师德
一推推出人间大爱
一推推出人性显赫

一推推出匡扶道义
一推推出血染楷模
一推推出祖国骄傲
一推推出气壮山河

一推大爱有多坚韧
行动辨别去伪存真
没因无所作为而愧疚
更无虚度年华而悔恨
一如既往追求卓越
夺得壮丽人生一瞬
死亡危险留给自己
生存希望让给别人

丽莉讲课从来在校内
最动人一课却在校外
连人行道也变成讲台
见义勇为抒发壮烈情怀
用血肉之躯注释课文
什么叫做大美大爱
高尚师德庄重地宣告
大爱创造大美的时代

平时爱只有点滴表白
一旦爆发如排山倒海
大无畏英雄气概是爱
关键时刻冲上去是爱

舍生取义的精神是爱
民族高尚的道德是爱
好一个以德育人之花啊
在塞北血泊中悄然绽开

爱的期盼

本应穿高跟鞋配花裙子
与爱人散步把欢乐驾驶
此刻,兴趣瞬间消失
不能再欣赏江边落日
无法想象苗条美女
已被车辗截掉双肢
浑身插满许多管子
昏迷已经不省人事

一路绿灯警车护送
一路汽车列队相迎
一路人为英雄流泪
一路焦急难以平静
一路惊动千家万户
一路皆将大爱传颂
一路畅通进入冰城
一路都向英雄致敬

松花江浪喊盼你醒来
丁香花溢香盼你醒来

师生们祈祷盼你醒来
亲人们焦急盼你醒来
天安门升旗盼你醒来
中南海钟响盼你醒来
好个盼字如此了得
汇成一个关爱大海

每一呼吸都是生命希望
每一眨眼都是喜悦展望
每一转头都是鼓舞盼望
每一抬手都是暖心热望
每一心律都是平安渴望
每一好转难离强烈愿望
闯过难关就是众之所望

海清过去是你的粉丝※
如今你成为海清粉丝
她驾银鹰飞来追英雄
崇拜你救人高尚品质
一生都珍惜这个缘分
激动得泪将衣襟浸湿
她在索菲亚教堂祈祷※
愿死神远离最美教师

海清祈福无微不至
赠你一颗水晶原石※
光芒闪烁朴实无华

晶莹剔透爱不忍释
泪水把石洗得锃亮
坚硬犹如意志展示
水晶就像丽莉的心
纯洁无瑕爱的本质

丽莉微微扬起脖颈
力竭声嘶手指颤动
仿佛听见爱人呼唤
伸手触摸切肤之痛
你像鱼爱人就是水
你如鸟爱人就是林丛
你似云爱人就是天
你是帆爱人就是风

又像在父亲怀里撒娇
无声述说着有声心事
尽管死神还再敲门
你的心律还未停止
每人生命只有一次
活着就要淋漓尽致
为了一群可爱孩子
坚强誓要拨云见日

一个柔弱娇小女子
一股刚阳伟大气势
不仅传授学生知识

更为塑造高尚素质
播撒向善爱的春光
传承为人师表壮志
唤醒倾斜道德良知
自己从来没想过死

烛光岁月

谁看到车碾骨折的碎片
谁都感动心疼痛哭流涕
大小长短不同的骨渣
已经无法再移植一起
流泪将碎骨片片收集
含悲把骨渣粒粒聚齐
却从一个一个碎骨中
拼出丽莉从师的经历

兴高采烈走进学园
笑向师生介绍自己
——第一个丽
是美丽的丽
第二个莉
是茉莉花的莉
好一朵美丽的茉莉花
从此在校园芳香四溢

从未婚到结婚有个家

家在班级当姐又做妈
站立三尺讲台教书
用心灵与孩子对话
多少豪情用爱抒发
教室笑度青春年华
心里总是那么甜美
犹如熟透了的香瓜

水的冷热耐人隽永
冷热变更丽莉感情
夏洒冷水教室降温
冬烧热水心暖学生※
冷热都能品味亲情
爱心四季从未收拢
尽管已成铭心记忆
感受依然温馨永恒

工资微薄囊中羞涩※
又难遗忘每个书桌
清贫不能心中无爱
精神富有情更宏博
爱似阳光热透心窝
情如月光温柔闪烁
扶贫摆脱孩子辍学
爱使冻僵童心复活

有人迷恋奢侈生活舒服

舒服其实并不等于幸福
在灯红酒绿中醉生梦死
如此享乐既可卑又庸俗
岂知幸福也有道德基础
要看心中蕴藏什么企图
哪怕自己变成石头铺路
被人踩着走过也是幸福

永远没有终点家访路
一刻也没静止过抱负
不图自己有什么回报
只为每个学生的进步
落伍可用学习来弥补
需要家长共同勤督促
你宁可绕地球走一万圈
也不能把祖国期望辜负

爱将每个学生善待
心向千家万户敞开
家访也曾被车给撞伤
一瘸一拐又走上讲台
课内留下作文题目写爱
课外细读经典爱抒壮怀
教学总是心旷神怡
像你命题春暖花开※

烛光下付出的劳动

不比站讲台更轻松
批改作文一夜的推敲
仿佛看到求索的眼睛
想断又断不了的思考
忘了曙光已照亮窗棂
有时连饭都没吃一口
校园就出现你的行踪

不是你生活没有规律
而是你心里装着学生
跑操倾听欢快足音
上课审视听课神情
下课运筹班级活动
放学笑送人回家庭
每天重复这个规律
生怕辱没教师使命

追求卓越

珍惜青春风华正茂
奋发蕴含图强格调
百折不挠追求卓越
爱岗成为唯美哲学
——要么不做※
做就做到最好
学生进步喜上眉梢
荣获多少荣誉称号

丽莉生活每个细节
都与思想短兵相接
拒绝平庸碌碌无为
师爱为魂志在超越
不图事事轰轰烈烈
只求时时刻刻敬业
无私奉献永不索取
心是情操最美世界

市场经济大潮汹涌
只论金钱淡忘雷锋
学雷锋何止学校事情
还关联社会每个家庭
课内巧妙思想渗透
课外开展助人活动
弘扬雷锋精神塑人
考核品德蔚然成风

心有雷锋想着祖国
从不贪图安逸享乐
身影时刻不离学生
抵挡物欲横流诱惑
鞠躬尽瘁为人师表
夜夜笑伴烛光辐射
吃苦受累无愧当歌
粗茶淡饭自得其乐

你和孩子一起跑操
爱的火焰心中燃烧
春夏秋冬随脚步奔跑
圈圈跑道像酒窝含笑
跑道有人跌倒你扶起
扶起再跑快乐如飞鸟
从未将教书岁月轻抛
却把自己腹中婴儿跑掉※

没有悔恨没有忧伤
从未向人片语只字
像爱家一夫样爱教室
依然笑展飒爽英姿
晌午和孩子同桌共餐
一起唱歌一块朗诵诗
欢歌笑语与学生同乐
你也像个天真的孩子

笑是丽莉心灵窗口
笑把情感巧妙交流
笑驱学生落后忧愁
笑促进步争先恐后
笑将隔阂变成谅解
笑唤疏远化敌为友
笑让家长倍感欣慰
笑使自己精神富有

有时回家一路小跑
跑到超市柜台淘宝
小兜拎走亲人喜爱
大包装满山野香飘
叮叮当当大勺奏乐
奏出全家开心欢笑
烹饪一桌美味佳肴
情如红酒把人醉倒

再莫言一花独放不是春
茉莉花小也有博大情怀
不与百花争芳斗艳
高洁也不攀比松柏
任凭霜打美仍未减
只为春光播撒四海
隐身花丛默送幽香
只缘至美心有大爱

传家珍宝

回忆不是飞扬尘埃
将昔日的足迹覆盖
回忆不是寒冬大雪
把明天的道路掩埋
只要内心储存挚爱
永远都会笑逐颜开

从回忆中抖落出来
生活总是丰富多彩

父亲教书的小学校
难忘童年的大乐园
父亲课堂的小书桌
哺育成长的大摇篮
父亲讲述英雄故事
用血捍卫锦绣河山
父亲师表以德为先
身教胜过万语言传

爷爷聚拢北方人彪悍
教鞭凝重自豪的情感
背负民族复兴的夙愿
把站起来的子孙呼唤
为新中国的繁荣富强
把旧社会的历史改变
酒杯也常把月光斟满
洗掉站讲台一身疲倦

爷爷珍藏的教学日记
心血结晶成育人业绩
翻得发黄的每册课本
红笔勾画的箴言哲理
成为丽莉的传家珍宝
手不离书地相伴朝夕

向往已久的从师之路
两代相传打下了根基

爷爷教书背累成弓
父亲教学射出是箭
丽莉从教挺直腰杆
又从父弓射出飞箭
三代弓箭击中一个亮点
目标同是盛世育人校园
啊，三代人的传承
共为教育树碑立传

从爷爷宝贵教学手记
丽莉学会了抛砖引玉
用鼓励来代替训斥
和谐转化心理叛逆
发现早恋调远座位
拉开距离利于学习
在德育中促其感悟
在感悟中深化启迪

当你站在神圣的讲台
粉笔就和你无法分开
你又多像那支粉笔啊
一尘不染雪一样洁白
为授学生文明与智慧
向愚昧宣战责无旁贷

性格刚强宁折而不弯
化成飞灰还默述所爱

教学力求锲而不舍
勤奋也是一种快乐
乐在读书常有收获
孜孜不倦勇于探索
不叫一分一秒空过
皆为一生一世爱国
多少精彩日记讲稿
常在微博广泛传播

每天穿梭家门校门
生活都有新的意义
诱发学生求知欲望
兴趣激发学习活力
循循善导幼稚成熟
丽莉默默甘作人梯
忙忙碌碌归根结蒂
育人皆为祖国崛起

护美天使

不惜一切代价抢救生命
北京正在频繁调兵遣将※
你却幽默把痛遗忘
妙趣横生笑语闪光

——没有梧桐树[※]
引不来金凤凰
其实你就是棵梧桐树
树筑爱巢又孕育希望

和谐社会真很谐美
救死扶伤医德更美
——每一个细节
我们都力求完美[※]
真善美并不属于谁
追求美才能获得美
只有品格高尚的人
才会理解美的深邃

说短病室只有几米
论长大爱接天连地
说小仅仅能容纳一张病床
论大九百六十万平方公里
为英雄每一口呼吸
医护日夜寸步不离
展开一场生命争夺战
创出一个大爱新世纪

痛苦无法把爱囚禁
病榻难卧楷模骄矜
医护也是爱的化身
爱展神圣抢救责任

美又溶入睿智内涵
日夜都在奋战死神
无愧皆是龙的传人
都有豪放大爱热忱

与母亲诀别的日子
没有被悲痛给压倒
腹中子流产的日子
没有被悲痛给压倒
在身负重伤的日子
怎能被悲痛给压倒
没有颓废没有绝望
信念催你追求美好

啊，如祖国一声召唤
信念是绝望一种期盼
信念似润苗一滴雨露
信念是沙漠一泓清泉
信念像黑暗一丝亮光
信念是船舶一个港湾
信念如茉莉一缕芳香
信念把困难一刀砍断

用祈福代替叹息
以祝愿抹掉泪滴
举国爱心冰城云集
任何付出不足为惜

一定要救活最美生命
让大爱伴随呼吸延续
虽然你已失去双腿
还有师德铸成双臂

换药尽量再轻一点
使你疼痛再少一点
抬你擦身再累一点
使你感染再少一点
宁可大家辛苦一点
让你感到舒服一点
这许许多多的一点一点
都想看到你阳光的笑脸

莫说丽莉已失去双腿
再不能站在讲台教学
莫说丽莉已无法行走
再不能牵手爱人逛街
莫说丽莉只能坐轮椅
希望已成为水中捞月
岂知大爱无疆创造神奇
让你化危为安迫在眉睫

在生与死决战的日子
爱心包围了整个病室
丽莉如火炽烈感情
内心总也难以掩饰

道谢不仅仅是礼貌
也是敬人文明素质
谢谢已成为感恩的词汇
一天不知要重复多少次

祖国关爱

谁都最不想说那句话
你生命尚未脱离危险
不安早晨连接不安夜晚
白衣天使守候丽莉身边
伤情尚需几次手术
你在经受痛苦熬煎
谁见谁都不忍落泪
都想为你仗义执言

要口诛笔伐肇事者
你却宽容心平气和
肇事良心已受谴责
无须再用仇恨纠葛
只要内心尚能忏悔
也是做人一种突破
啊,丽莉胸襟坦荡
显赫无私大爱美德

走近丽莉就走近豁达
语言文明是美的升华

笑眼说话是美的表达
举止高雅是美的潇洒
潇洒来自一个人风度
心胸豁达又纯朴无华
无论哪个角度看丽莉
都像寒冬傲雪的梅花

还是那句不愿说的话
危险依然尚未能脱离
创伤虽然已突破禁区
又进入并发症的危急
正欲为丽莉清创手术
从北京传来振奋消息
党和国家派刘延东来慰问
霎时黑龙江大爱如虎添翼

爱与被爱者的相会
美与颂美人的欢聚
来自中南海的一双手啊
和丽莉手紧紧握在一起
把微笑都留在脸上
将温暖都储在心里
此景,怎不动之以情
此情,岂不感天动地

女性最爱染亮甲的手
自从把孩子们给解救

始终在进行一场战争
日夜与死神不停搏斗
恐怖正在追随时光消失
坚强正在笑展梦寐以求
紧紧握着刘延东的手
热血沸腾恰似瀑奔流

——我身上流淌着[※]
是中华民族的血
血,是华夏高尚的血
血,是炎黄善良的血
血,是神州美德的血
血,是中国自豪的血
刘延东动情用脸紧贴
——你可以叫我姐姐[※]

——让我亲亲你[※]
你感动了全中国
俯身倾心深情一吻
吻出共和国的欢乐
吻出国家主席的关爱
吻出国务院总理的嘱托
敢问世界哪一种吻
吻得如此可泣可歌

眷恋讲台

皆因伤情严重截断双肢
残酷已成难以改变事实
真相怎样婉转相告
愁眉皱紧难熬日子
是残忍现实无法接受
还是悲痛欲绝丧失理智
是促使病情突然恶化
还是号啕大哭泪流难止

虽然失腿并未失职
心地还是那么仁慈
并不懊悔舍身救人
因为不忘身为教师
若让你再选择一次
救人仍然义不容辞
——我已经度过快乐的时光※
孩子们人生才刚刚开始

念念不忘总是那句话
——我还能当教师吗
你对三尺讲台的眷恋
热爱神圣使命的表达
难忍撕肝裂肺病痛
心还在把学生牵挂

虽然自己一人遭遇不幸
却保五家梁柱并未倒塌

没等父亲安慰女儿
女儿却先宽慰父亲
唯恐心急血压升高
又怕父亲过度伤心
——女儿不哭您也别哭
孝顺反使别人热泪滚滚
其实父亲早已知道
心疼几度夜不能寐

你从梳头发现人生奥秘
发丝咋梳也是长短不齐
发型不美可塑高雅
颜色不艳可染如意
又觉发有千丝万缕
总也理不出个头绪
命运怎么能像理发
任凭自己随心所欲

理智依然那么清晰
清晰使人感到惊奇
背人偷偷一声抽泣
英雄流血不流泪滴
咨询专家最多的话
能否戴上一副假肢

240　晚华文萃

只要还能站立讲台
多大牺牲在所不惜

何时何地你还是你
眷恋校园一如往昔
讲台三尺通达四海
育苗誉为天下桃李
尽管已是身落残疾
追求依旧不忘进取
进取是求索的人生
能缩短成功的距离

爱情课题

面对截肢残酷定格
心容他人难容自我
丈夫年华正在花季
对爱不能要求过苛
如不分手心有余悸
不想说又不能不说
忍泪含悲一声分离
悲欢离合经受折磨

爱在紧扣心弦时刻
对话使人惊心动魄
——分手吧，我不能拖累你
声音和手都在哆嗦

——假如躺在床上的是我
暗示能否退避三舍
你含泪无声摇摇头
摇出风雨同舟恋歌

爱怎能用公式分析
情不能用逻辑推理
道理解释语言贫乏
又不宜用感觉猜疑
看，丽莉无声摇头
听，丈夫错位比喻
胜过多少甜言蜜语
展现崇高爱情魅力

语言与动作的辩驳
完全无须字斟句酌
什么叫做相濡以沫
摇头传递信号闪烁
人的命运可能坎坷
良心却容不能曲折
患难与共婚姻考验
坚贞不渝展示品德

丽莉摇头内蕴含蓄
给 80 后出一道课题
如何严肃对待婚姻
怎样庄重把爱珍惜

莫为琐事吵架动刀
赌气也别离家分居
爱情不是逢场作戏
见异思迁闪婚闪离

目光炽烈对视一瞬
爱又开始燃烧命运
摇头摇出一片心慰
如初吻般美妙绝伦
得到爱若不懂珍存
失去留下终身悔恨
对视虽然只有一瞬
相爱却需一生光阴

放飞师爱

青山啊,遮住了视线
遮不住对学生的思念
绿水啊,把道路切断
断不了对学生的企盼
死神纠缠无法阻拦
梦中又回心中校园
渴望猝不及防喜欢
中考都有精彩答卷

忘掉自己一身伤痛
难忘还是一群学生

放飞师爱化为雄鹰
爱又飞越千山万岭
纵然学生远得像星
夜夜都伴丽莉入梦
啊,学生在你心里
师爱在学生的心中

每天醒来凝望窗口
牵肠挂肚壮志未酬
所有一切都可忘记
难忘师生中考风雨同舟※
——活着真好※
孩子们,加油
短信发出真情祝福
夺冠希望全班创优

窗外枯枝树叶变绿
意味冬天随风远去
绿托日月叶上交替
吮吸雨露为花输蜜
招来蜂蝶绿丛嬉戏
思乡心又飞回故里
活着就要做枚绿叶
甘愿衬托鲜花美丽

愿与学生共处朝夕
情感交融如胶似漆

孩子与你亲昵如母
你以知识当乳哺育
这乳一生都不能断
吸吮也包括你自己
科学发展观的发展啊
乳就是特色社会主义

沸腾校园突然恬静
幼稚笑脸骤然庄重
舍生忘死救人的丽莉
已成为见义勇为英雄
班级以丽莉名字命名
崇敬师德要世代传承
命名会上鸦雀无声
掌声爆发欢呼雷鸣

博爱大海

你最钟爱的歌曲：听海
因为海的大度壮丽开怀
只能容纳无涯浩瀚
却难容纳半点狭隘
大海纯净一尘不染
浪把枯木烂叶淘汰
歌声翻腾着你的激情
激情像海涛一样澎湃

为现在还是为未来
你也有大海的情怀
一个为人师表世界
始终在你心灵展开
以海净化自己灵魂
课堂迎送冬去春来
难怪把心捧给学生
教室变成母爱大海

无论喜悦还是悲哀
都有属于自己所爱
不管怎样去开拓生活
生活都能折射出光彩
谁能做一个采光者
都会拥有光辉未来
岁月回应心灵歌唱
抒发皆是大爱情怀

爱是和谐社会心声
爱是无私奉献文明
爱是心灵最美感应
爱是魂魄高尚交融
爱是旭日东升阳光
爱是海洋导航明灯
爱是亲人甜蜜微笑
爱是向善力量见证

爱并没有流行颜色
可它却流行得出色
在重症监护室门前
祈福鲜花汇成彩河
有伸臂献血老婆婆※
有心灵叠成千纸鹤
有颜色不同大眼睛※
爱已经把国界打破

丽莉以血肉铸成师魂
孩子用童心献出纯真※
别看钱少捐出慰问
每个钢镚都有国徽大印
渺小也是伟大化身
谁能掂出情有多沉
究竟师魂感动了童心
还是童心激励了师魂

爱心接待爱的交汇
献爱也有爱的回馈
一本捐款荣誉证书※
一杯解渴暖心清水
一展笑颜送往迎来
一张面巾擦汗抹泪
一束鲜花将爱传递
一幅墨宝带走欣慰※

梦想成真

听你银铃笑声飘洒
如饮一杯茉莉花茶
新鲜令人心情兴奋
清香让人容光焕发
生命春天款款走来
医护劳苦获得酬答
死神已经丢盔弃甲
笑为生命锦上添花

爱与美交织一派朝气
终身从教表一身志气
追求卓越展一代才气
锐意进取创一贯风气
舍己救人竖一世正气
坚强活出来一身骨气
只想让学生一定争气
为祖国母亲扬眉吐气

啊,你终于坐起来了
仰望天安门万众狂欢
贺神九飞船揽月返航
庆蛟龙闹海捉鳖凯旋
气吞万里长城彩云
壮歌一曲盛世礼赞

你也是居功一代师表
和他们齐上光荣金匾

万里长城很长很长
长得连接天边云朵
长城到底有多少砖
多少朝代无人解破
一块砖头很小很小
砌在一起高大巍峨
你多像长城一块砖
虽小却能拥抱祖国

你曾几度在昏迷中苏醒
睁眼就看到第一缕曙光
你曾几回在死亡中复活
是党的关怀给予的力量
在天使护美病历表上
都能看到国旗在飞扬
抑制不住心中的喜浪
与时代脉搏一起跳荡

你像划破黑暗的闪电
照亮道德倾斜的界限
你如亲吻黑土的甘霖
把一朵朵蓓蕾给催绽
你似寒冬吹来的春风
驱散雪尘盖路的弥漫

你是五十六枝花中之花
中国更美丽得无比璀璨

启明晨星把红日催醒
黄昏晚霞将银月唤醒
红日银月醒的时候
都能看到你的笑容
你的笑容真的很美
如今又被党旗映红
从脸到心都红彤彤
红得学你风起云涌

枕巾几度被泪浸润
梦里几回笑出声音
面对党旗庄严宣誓
今天终于梦想成真[※]
党啊,亲爱的母亲
将你写进党员红本
为党和祖国与人民利益
随时不惜生命碎骨粉身

路还很长

论美海迪也很美丽
热爱生活弘扬正义
包容大度一身豪气
勤奋好学奋争朝夕

重情重义心地坦诚
爱憎分明无与伦比
热忱乐助每位残友
爱铸美魂深谋远虑

海迪二次看望丽莉
两颗大爱心又撞击
——以后的路还很长※
语重情长一席话语
总会有那一天到来
献花人群无踪匿迹
闪光灯影无光消逝
掌声如浪无音远去

爱人相陪平淡家居
平淡难免夹杂孤寂
一旦失去想象往昔
心或许被痛苦占据
困难也会接踵而来
又遭痛苦困难袭击
愁云密布不能迷茫
坚强坚持要有毅力※

坚强要像岩缝石花
寂静萌芽沉默壮大
任凭石挤高山重压
无须心有任何惧怕

尽管挤压使花变形
坚强促使意气风发
傲视无情风云变化
风韵依然不失大雅

坚持心与命运抗争
坚持斗志昂扬奋发
坚持不叫信念溃退
坚持壮举发扬光大
坚持不被痛苦打垮
坚持不让困难压趴
坚持如风暴中大树
坚持无畏雷劈电打

日子需一天一天过
饮水要一口一口喝
莫要焦虑无须烦躁
遇难不必束手无策
只要心中怀国有党
一切都会不攻自破
生命都有战斗历程
不甘示弱勇于开拓

海迪赠书精辟解说
人残未残豪迈气魄
《轮椅上的梦》
不是梦，是壮歌

《生命的追问》
问出来气吞山河
《向天空敞开的窗口》
看到祖国满园春色

丽莉心灵会发微博
感悟有多少话想说
用送来的电脑发稿
小处着眼大处着墨
海迪身残美魂未残
壮志从未改弦易辙
书中的每一个字啊
蕴含对党歌功颂德

丽莉也是才华横溢
人美心美文也美丽
海迪相约北京相会
著作更会标新立异
以德育人百年大计
终身从教坚定不移
站起来也不再是梦
假腿照样顶天立地

尾　声

英雄壮举传颂大江南北
丽莉伤情牵动亿万心扉

崇敬高尚师德的灵魂啊
像神州青山绿水一样美
绿水环抱青山的家乡啊
党将给英雄一双智能腿
重返心中眷恋校园的讲台
育人为了伟大祖国的腾飞

2012 年 5 月 18 日黑龙江省作协端午节诗会开始构思

2012 年 5 月 28 日响应黑龙江省委、省人民政府《关于开展向张丽莉同志学习活动的决定》号召,写出初稿,后经三次修改

2012 年 7 月 26 日又做补充,四易其稿,改定

注释：

※海清是电视剧《媳妇的美好时代》毛豆豆的扮演者，也是丽莉最喜爱的演员。她从微博得知丽莉壮举负伤后，5月16日乘机专程来看望还在昏迷不醒中的丽莉。

※海清不是去索菲亚教堂旅游，而是专为丽莉平安做祈祷。

※海清把从美国市场淘宝得来的一块非常珍贵的水晶原石托丽莉爱人李梓烨转交丽莉作为祈福。

※丽莉自己掏腰包，不仅给班级学生卖热水壶，还为因离校远的学生来不及吃早饭，给卖面包和饮料。

※丽莉每月工资不到一千元，每月都拿出一百元，三年如一日，月月把钱偷偷夹在贫困学生的书本里。

※丽莉受伤前，曾留给学生两道作文题：《那一刻，我的世界春暖花开》《你是我心中最美的风景》。

※这句话是丽莉追求卓越的座右铭。

※此时，丽莉已怀孕数月。

※哈医大一院院长周晋在给丽莉检查时告诉她，为了更好治疗，卫生部正在组建专家组来哈尔滨。

※丽莉把哈医大一院比喻成梧桐树，北京专家为金凤凰。

※哈医大一院重症医学科主任赵鸣雁答记者问。

※丽莉在刘延东探望时说的话。

※刘延东对丽莉说的话。

※刘延东对丽莉说的话。

※丽莉得知为救学生而失去双腿后说的最感人的话。

※丽莉受伤前，曾鼓励班级同学："振雄风，姿奔腾，三班才子胜卧龙；夺金魁，勇无畏，拼百天，赢明天，才子佳人创佳绩。"

※丽莉发微博鼓励学生，为中考加油。

※每天到医院探望、献花、捐款的人川流不息，有拾荒者、残疾人、老人和孩子……令人感动的65岁的老婆婆张金荣说："世界上有这样的好

老师，一定要救活，请抽我的血。"

※从韩国来的友人到澳大利亚、巴西、乌克兰、哥伦比亚来的足球运动员等，闻讯都纷纷赶到医院献花与捐款。

※来医院捐款的孩子最大的九岁，最小的两岁，还有的是母亲抱来的，刚几个月，共收到孩子装满压岁钱的三大罐硬币，最引人注目的是五岁姜凯文抱来一个金猪大钱罐。

※佳木斯市慈善总会，专门以张丽莉个人名义设立了基金账户，款项用于救治、康复和生活。截至5月30日已收到捐款1236万元，现在仍然继续。

※八十多岁老美术家朱学义带着10幅书画送到医院，鼓励张丽莉要有信心战胜伤痛。还有几位书法家当场挥毫为捐款者献字致敬。

※张丽莉曾在微博上晒过自己的感情："蜗牛，为梦想而生！""这只蜗牛是我问鼎泰山时拍的，你的梦想实现了吗？"

※中国残联主席张海迪第一次来哈看望张丽莉时，她还在抢救中。第二次是7月23日，又专程来哈看望慰问，并带来中国康复研究中心专家组成员为丽莉康复进行全面会诊，希望她能早点重新站起来，再回到课堂给孩子们上课，并与丽莉做了很多非常贴心的心理与情感交流。

※张海迪语重情长对丽莉关怀地嘱咐，并鼓励说："以后的生活，最重要的是坚强，第二重要的是坚持。"希望她不断地创造新的生活。

原名为《倾国皆爱张丽莉》，收入2012年黑龙江省文艺家深入生活采风活动优秀作品集

中国,大爱的世界

敢问:苍天和大地
可曾见过为爱肝脑涂地
这大爱惊人的魅力
使中国人顶天立地

此刻,全球都在关注中国
中国,也感动着整个寰宇
在从未有过的震灾面前
显示旷世不畏浩然正气

总理身披暴风骤雨
踏着震波摇撼的大地
绕过巨石堵路的断桥
日夜兼程跑遍了灾区

每一步都是爱的倾诉
每一步都是情的心曲
安慰失去亲人的孩子别哭
自己却流泪浸湿了衬衣

泥石流堵死所有的通道
都堵不死翻越悬崖陡壁
高山再高，也不算高
它都在战士的脚底

没有一句豪言壮语
雄风一路所向披靡
这是一场没有硝烟的战役
汶川瓦砾废墟就是阵地

灾难猝然从地心袭击
山崩地裂化为瓦砾废墟
心啊被巨石给压碎
痛苦伴着婴儿哭啼

战士悲楚的一瞥啊
触落了情感的泪雨
用手给废墟一层层扒皮
用爱将生命一条条夺取

每一位战士的肩背
都有扛石压伤痕迹
右肩负伤换左肩扛
左肩血又染红军衣

这擦不净的鲜血啊
是抹不掉的功绩

用生命来抢救生命
已载入了爱的史记

刨出两位亲人的遗体
战士泪含悲痛跪地
——爸，部队需要我
不能送您回家去

擦干脸上的血泪
把悲痛埋在心里
为了尚需拯救的生命
又向最危险的地方冲去

真情传递爱在伸延
搜救日夜都在继续
迷彩服上血迹斑斑
手臂流淌鲜红的血溪

只要还有一线希望
只要还有一丝呼吸
只要还有一条生命啊
拯救就决不会放弃

头顶狂风飞卷暴雨
鞋底怒涛冲击峭壁
在与世隔绝的孤城高空
伞兵啊，纵身跳下去

远看是那么潇洒飘逸
近观惊得群山在战栗
啊，吉祥鸟飞来了
灾民欢呼跪了一地

绝望中获得了希望
希望仿佛如在梦里
不！连做梦也没敢想
血手抠出心跳的惊喜

幸存者被艰难背起
冲出了死亡的禁区
不由想起儿时的摇篮
和母亲那温暖的背脊

震波猛烈摇晃着楼基
惊慌夹杂着心灵恐惧
老师机智打开教室窗门
爱的呼喊催飞学生步履

以为人师表的威严
抵住门框减缓弯曲
在楼轰隆倒塌的一刹那
他却被埋在教室里

这是他一生最后一堂课

用生命和鲜血写成日记
在灾难中进行德育
在互救中深化启迪

他紧紧拥抱着讲台
护住四个学生身体
把生的希望留给孩子
将死的危难留给自己

尿当水饮支撑生命
唱歌驱散痛苦和恐惧
锯腿爬出死与黑暗
手抠创造勇敢逃离

血绘出战胜困难的画卷
泪写成临危无畏的诗句
爱就是希望和力量
党就是心灵的晨曦

灾难在催人英勇奋起
地震震不垮民族士气
圣火还在一路燃烧
雄心还在一路传递

传爱与希望同歌
递文明和谐接力
汇成一个英雄的集体

展示伟大祖国在崛起

作家深入生活已年近古稀
投身志愿者行列默默无语
在肩扛手抠的战歌中
在砖缝搜寻的脚印里

在吞噬生命的震口中
在扼杀呼吸的巨石底
当他救出六位乡亲的时候
他也找到讴歌的主旋律

在生与死交织的时刻
在惊魂抖颤的瞬间
母亲用坚强的脊梁
把生命的天空托起

这是一曲爱的绝唱
已录进滑落的手机
——孩子,如果你活着
一定要记住:妈妈爱你

当死神将把生命夺去
在与世诀别的几秒钟里
她将上衣轻轻地掀开
袒露两座温馨的谷屿

把婴儿偎依搂紧
母爱抚慰了哭啼
吮着那圣洁的乳头
吸着那最甜的奶蜜

母亲已被埋葬在废墟
救出孩子还躺在护士怀里
国家主席俯身亲昵一吻
如同亲吻自己的孙女

在红扑扑的小脸上
印上领袖爱的标记
留下一句催人泪下的话啊
——以后,爷爷再来看你

呼天求援苍天不应
喊地救命大地不语
只有两个小狗相伴
八天八夜不离不弃

轮番不停日夜吼叫
轮流舔脸唤醒昏迷
啊,天上飞来橄榄绿
又创造出一个惊人的奇迹

挑战生命极限的刚毅
超越时间极限的忧虑

突破生理极限的袭击
震撼大千世界的惊异

不是人编的神话故事
也不像寓言那样幻虚
是中国被汶川给震痛
痛出罕见爱的爆发力

什么能够述说内心的欢喜
救出亲人的狂喜
死里逃生的悲喜
母子平安的双喜

逢凶化吉的惊喜
帐篷安家的贺喜
灾后开学的欣喜
频频向多难的祖国报喜

孩子躺在救援的担架上
被抬出还在冒烟的废墟
艰难举起骨折的嫩手
向抬他的解放军敬礼

敬礼！无声的谢恩
敬礼！有形的感激
这是一颗童心的礼赞啊
多么勇敢和坚强的不屈

中国撕心裂肺的哀笛
改变几千年殡葬的礼仪
为汶川死难的百姓默哀
举国城乡三日下降半旗

从天安门到黄河长江
都昭示尊重生命的抚恤
此刻,世界正在瞩目敬望
人性的光芒暖透神州大地

余震不断暴雨狂袭
堰塞湖随时都会溃堤
国务院总理飞越高山峡谷
第二次又返回北川灾区

孩子给总理系上红领巾
系紧了心与心连在一起
却系不住总理奔波的双脚
为多难兴邦志在崛起

我以一个公民的名义
用爱提个庄严的倡议
重建家园千万不要忘记
请留一块血凝成的废墟

筑成一座汶川博物馆

不是展览痛苦与悲凄
而是珍藏大爱与团结
和那舍身忘我的壮举

每一件遗物都值得珍惜
不为鉴赏而是为了激励
何谓民族不屈的精神
怎样解读坚强的含义

什么是人民生命高于一切
它都有最深邃的注解分析
让灾难使人励精图治
永远鞭策自强不息

倒下去的昂首站起来
站起来的坚强活下去
泣血悲歌化为礼赞
众志成城激励进取

面对灾难即将过去
笑望明天扬眉吐气
因为有伟大的党和祖国
使中国人自豪顶天立地

原载《北方文学》2008 年第 6 期

后　记

2015 年,是世界反法西斯战争和抗日战争胜利 70 周年。

记得,习近平主席说过:"伟大的中国人民抗日战争,是中国人民近代以来争取独立自由史册上可歌可泣的一页……"

于是,我突然产生一个想法,立刻翻箱倒柜寻找过去在各地刊物上发表的关于抗日斗争的作品,想把它汇辑成集,目的是为了让后代铭记历史,勿忘国耻,反对战争,保卫和平,为了未来!

因为,我曾问过孙子:"你可知道日本侵华战争给祖国和人民带来多少灾难吗?"

回答:"不知道。"

又问:"你可知道日本侵略者屠杀中国人民有多么残暴吗?"

回答:"不知道。"

孩子一连串的不知道,不知道?

又使我想到日本为掩盖在历史上犯下的反人类罪行,在教科书上几次更改来蒙蔽青少年。

这使我更下定决心,揭露日本侵略者的残暴罪行。特别是1984 年日本著名作家森村诚一为了完成《恶魔的饱食》第三部著作,来哈尔滨采访和调查日军七三一部队不择手段杀人的事实,我曾全程陪他一起度过五个昼夜……使我更进一步,更深刻地了解到什么是战争,战争又给一个国家和人民带来多少灾难!

1984 年,日本著名女作家山崎朋子万里访孤,我又全程陪同她采访,更了解到,日军战败逃跑时竟然用毒药和炸弹,把随军家属——妇女与儿童集体杀害……而且还留下成千上万的日本遗孤。他们曾用刺刀挑死我们的孩子,而我们却用爱心把遗孤养育成人,成为中日友好的佳话。

如果,我不把它整理出来就是一种痛苦。

如果,我不将它发表出来就是一种愧疚。

这就是我要编辑这本书的目的。

集子结尾时,我又针对日本侵略者的假丑恶,而又歌颂了中国人民的真善美,一个没有双臂,一个失去双腿,让全世界来刮目相看吧,《中国,大爱的世界》!

2016 年 8 月 15 日于哈尔滨麒麟斋南窗